D1434780

Un été chaud et humide

Dans la même collection:

Visitez notre site Web: www.saint-jeanediteur.com

ÉLISE BOURQUE

Un été chaud et humide

roman érotique

Guy Saint-Jean
ÉDITEUR

Catalogage avant publication de Bibliothèque et Archives nationales du Québec et Bibliothèque et Archives Canada

Bourque, Élise, 1957-
Un été chaud et humide
ISBN 978-2-89455-339-8
I. Titre.
PS8553.O862E84 2010   C843'.54   C2010-940025-9
PS9553.O862E84 2010

Nous reconnaissons l'aide financière du gouvernement du Canada par l'entremise du Programme d'aide au développement de l'industrie de l'édition (PADIÉ), ainsi que celle de la SODEC pour nos activités d'édition. Nous remercions le Conseil des Arts du Canada de l'aide accordée à notre programme de publication.

Gouvernement du Québec — Programme de crédit d'impôt pour l'édition de livres — Gestion SODEC

© Guy Saint-Jean Éditeur inc. 2010
Conception graphique: Christiane Séguin
Révision: Hélène Bard

Dépôt légal — Bibliothèque et Archives nationales du Québec, Bibliothèque et Archives Canada, 2010
ISBN: 978-2-89455-339-8

Distribution et diffusion
Amérique: Prologue
France: De Borée
Belgique: La Caravelle S.A.
Suisse: Transat S.A.

Tous droits de traduction et d'adaptation réservés. Toute reproduction d'un extrait quelconque de ce livre par quelque procédé que ce soit, et notamment par photocopie ou microfilm, est strictement interdite sans l'autorisation écrite de l'éditeur.

Guy Saint-Jean Éditeur inc.
3154, boul. Industriel, Laval (Québec) Canada H7L 4P7 450 663-1777.
Courriel: info@saint-jeanediteur.com • Web: www.saint-jeanediteur.com

Guy Saint-Jean Éditeur France
30-32, rue de Lappe, 75011 Paris, France. (1) 43.38.46.42.
Courriel: gsj.editeur@free.fr

Imprimé et relié au Canada

À mes précieuses et indispensables sœurs,
Danielle et Hélène

Remerciement spécial

*L'auteure remercie du fond du cœur
monsieur Normand Dugal, de Disco Normand,
pour sa confiance et sa générosité.
Un D.J. authentique et passionné!*

Remerciements

*À Gabriel, Marc et Samuel,
pour qui je suis encore là,
le mot AMOUR est trop petit
pour ce que vous m'inspirez.*

*Une pensée émue et affectueuse
pour tous mes anges de Québec, de Montréal,
de Saint-Luc et de la Floride,
qui ont uni leurs ailes pour me porter.*

*Un merci à J. M.
qui ne connaît pas la portée de son sourire.*

*Et toi, mi Cocotte,
mon puits de tendresse, gros câlins pour ta présence.*

Peut-on devenir prostitué par accident?
Par hasard?

Troublé, Simon fixe le plafond de la chambre sans le voir, les paupières immobiles et les pupilles dilatées à l'extrême. Prisonnier des bras moelleux de Diane, une question obsédante assaille sa conscience.

Peut-on vraiment devenir prostitué par inadvertance?
Me suis-je prostitué ce soir?

Ses connaissances sur le monde de l'amour tarifé sont minces. Il se souvient du jugement implacable de sa grand-mère Bouchard lorsqu'elle jetait un œil sur la couverture de son *Allô Police*, et que le cadavre d'une prostituée y était photographié sous un gros titre. «Elle a couru après! Mauvaise fille!» En grandissant, Simon en avait déduit qu'un homme qui paie pour faire l'amour ne ressent rien pour sa partenaire, que l'argent l'autorise à tout exiger d'elle et à l'avilir, lui donne du pouvoir et transforme la pauvre catin en papier-mouchoir. Qu'en est-il d'un prostitué mâle?

Lui, Simon Bouchard, vient de vivre des moments d'extase et de jouissance intense, comme si la femme l'avait payé pour le séduire, et non le contraire! Diane s'est offerte avec une telle soif! Un tel abandon! Le jeune homme songe aux billets de vingt dollars pliés en deux, bien en sécurité au fond de la poche arrière de ses jeans neufs Levi's GWG, qui moulent ses fesses à merveille. Il n'avait jamais remarqué qu'il avait de belles fesses, mais Diane le lui a dit.

Prostitué?

Après de longues minutes, ses pensées s'embrouillent et le garçon craint de s'endormir inopinément. Il bat des paupières: les contours du plafonnier carré se précisent un peu plus. Il jette un regard oblique, ses yeux myopes suivent une bande de papier peint fleuri blanc et rose, posée sur l'arête du mur gris souris. Il s'attarde ensuite à un tableau représentant un bouquet de fleurs (des pivoines, peut-être?) de même teinte, ainsi qu'à une psyché familière qui suscite un léger sourire. Il remarque ensuite la commode, le chiffonnier de chêne qui, déduit-il, vaut un sacré paquet considérant la tête sculptée d'arabesques et les portes taillées en pointes de diamant. Il considère le store vertical en tissu rose, aux larges et longues lames qui ondulent paresseusement. Il pense à l'énigme de l'œuf et de la poule; le store a-t-il été acheté en premier et le papier peint ensuite ou est-ce le contraire?

La respiration de la femme s'approfondit. Diane bouge un peu. Le garçon, comme une anguille, se glisse en dehors du lit. À tâtons, il agrippe prestement ses lunettes posées sur la table de chevet et s'empare de ses vêtements éparpillés, qu'il met en boule. Il enfile son t-shirt, ramasse ses Adidas et s'immobilise, à demi relevé. Son caleçon? Il déplie avec précaution ses vêtements: des jeans, une ceinture qu'il tient par la boucle pour en étouffer le cliquetis, une chaussette, une autre. Il s'accroupit de nouveau, tâte le sol en vain, tout en réfléchissant.

Que suis-je censé faire maintenant? Attendre que cette femme se réveille et me réclame encore une fois? Que valent cent dollars dans ce genre de travail?

Le rouquin se relève, allonge le bras et écarte du bout du doigt une lame du store. Des silhouettes sombres et trapues brisent la ligne d'horizon scintillante; subtil jeu de cache-cache entre la lune, les maisons et les vagues du fleuve.

Comment ai-je pu me retrouver dans ce trou perdu?

* * *

Sur une carte géographique, Baie-Saint-Hugues passe aisément pour une poussière. La rive nord de l'estuaire du Saint-Laurent regorge de hameaux pittoresques du genre, dans lesquels on pénètre comme dans un livre d'images. Des dépliants touristiques grandeur nature. Se pressant les unes contre les autres, les maisons sont tout alignées en face du fleuve, la façade percée de larges fenêtres. Ici, les habitants ont la montagne en guise de cour et les marées intégrées à leur quotidien. Le fleuve est un membre de la famille. Un pourvoyeur important, quelqu'un dont il faut respecter les humeurs et les caprices. Tous les villageois ont un lien direct ou indirect avec lui. Par conséquent, chaque pouce carré du quai est chèrement loué aux capitaines, qui veulent y amarrer leurs anciennes goélettes, maquillées en bateaux de croisière. Le futur est dans les cétacés et les fjords. Les femmes le savent: l'été leur vole leur époux. Les touristes s'amusent, elles s'ennuient.

Un peu en amont du village, une marina toute neuve abrite déjà quelques embarcations profilées, dont les propriétaires courtisent la chance au salon de jeu de l'hôtel Jacques-Cartier, situé tout en haut du mont Saint-Alfred. Monsieur Talbot, propriétaire de deux Cadillac, passe maintenant le plus clair de son temps à astiquer ses voitures et à houspiller son aîné, Bertrand, pour que celui-ci porte la casquette en tout temps. Depuis que son père a eu l'idée d'implanter un service de navettes pour aller chercher ces riches touristes au quai et les mener à l'hôtel Jacques-Cartier, le pauvre Bertrand n'a plus un seul jour de libre.

Propriété de la famille Giroux depuis plus d'un siècle, l'immense chalet en bois rond a d'abord porté le nom d'hôtel Giroux. Ressuscité des flammes à deux reprises, toujours plus imposant et luxueux, il fut finalement rebaptisé en l'honneur du célèbre explorateur et navigateur français. Une astuce touristique qui a porté ses fruits. Une plaque de bronze, à l'entrée, rappelle d'ailleurs le bref passage du roi Georges VI et de sa jeune épouse, Elizabeth, le 10 juin 1939. Personne ne sut de quelle façon le jeune monarque avait appris l'existence de cet hôtel, mais sa situation géographique en faisait à l'époque un lieu parfait pour fuir l'agitation d'une visite officielle.

En ce printemps 1984, des rumeurs d'agrandissement de l'hôtel se font de plus en plus persistantes. Michel Giroux, l'actuel propriétaire, ainsi que plusieurs hommes d'affaires de la région, se sont réunis afin de jeter les bases d'une véritable industrie touristique, et un dénommé Hamelin, candidat aux prochaines élections fédérales sous les couleurs du Parti progressiste-conservateur, en a fait son cheval de bataille. Entre autres, il fait miroiter la construction d'un véritable casino digne de ce nom, qui ferait pleuvoir une manne inespérée sur ce village éloigné et tributaire des caprices de la mer.

Forts de ces allégations, les morutiers ont benoîtement accepté d'occuper dès cet été l'ancienne marina aménagée juste au confluent de la rivière Blanche et du fleuve Saint-Laurent. Plus tard, personne ne pourra les accuser d'avoir agi en mauvais citoyens, et ce, même si les effets de cet afflux de visiteurs, sur les populations de poissons et de mammifères marins, en inquiètent plusieurs.

*   *   *

Simon émerge de ses pensées. D'après la position de la lune, il doit être près de trois heures du matin.

Un gargouillis gastrique lui rappelle que son dernier repas est loin. Dans le silence de la nuit, il a l'impression que ses borborygmes sont amplifiés. Diane dort toujours paisiblement. Renonçant à retrouver son sous-vêtement, Simon se dirige vers la porte de la chambre.

Si, tout à l'heure, la porte d'entrée et le salon étaient à droite, la cuisine doit donc logiquement être à gauche.

Comme pour le guider, le compresseur du réfrigérateur s'enclenche. Sur la pointe des pieds, le garçon se risque dans le couloir, fesses nues, maudissant chaque planche, dont les craquements résonnent. En chemin, il s'arrête aux toilettes, mais n'ose actionner la chasse d'eau, même si son jet vigoureux résonne dans la cuvette comme une cataracte. Encore quelques pas et il récolte dans le réfrigérateur tous les ingrédients nécessaires à l'élaboration d'un sandwich géant. À dix-neuf ans, l'appétit est aussi féroce que les érections! Il fouine un peu dans les armoires et s'assoit à la table, les mains pleines de victuailles. Tout en mastiquant avec entrain, Simon sent revenir avec agacement les obsédantes questions qui l'assaillent.

Prostitution… Une fois fait-elle de moi un prostitué? Suis-je devenu une guidoune?

Pourtant… Quelle expérience fabuleuse! Une femme m'a payé pour l'aimer physiquement! Moi! Et quelle femme! Fiou! Séduisante, mature, confiante, avec des seins mûrs, de bonnes fesses charnues, de vraies courbes! Hum!

Dire qu'à Montréal, la plupart des femmes me regardent à peine! Les picotés n'ont pas la même cote que les belles rousses, tout le monde sait ça! Elle vient d'où, cette réputation de cochonne qu'on leur attribue?

À Montréal, de toute façon, les filles n'en ont que pour Charles. Le beau, le grand Charles Dulac! Dire que quand on était tout petits, les gens le trouvaient trop décharné. «Le p'tit Charlot, c'est pas fait fort, fort ça!» disait grand-maman Bouchard. Peut-être qu'elle le trouverait plus à son goût maintenant qu'il est grand. Toutes les filles tombent dans ses bras! J'ai tellement hâte de lui raconter que je viens de me faire payer pour coucher!

Charles est habitué d'être le centre du monde au sein de sa propre famille. Il a grandi vite et son fin visage diaphane, encadré de longs épis pâles et raides, font ressortir le vert extraordinaire de ses yeux. Les rares fois où Simon et lui sont allés danser à la polyvalente, les femmes ne cessaient de reluquer les grandes mains délicates et les hanches mobiles de Charles. Lorsqu'il fermait les yeux et que ses lèvres s'entrouvraient, goûtant un solo de guitare, plusieurs demoiselles sentaient leurs genoux se dérober sous elles. Charles exerce un certain magnétisme sur les femmes, et Simon a renoncé à rivaliser avec lui. Pour attirer l'attention, le rouquin joue plutôt la carte du rigolo, multipliant les réparties et les mimiques amusantes, ce qui lui vaut habituellement d'être traité en ami, plutôt qu'en éventuel amant.

Repu, suçant son pouce maculé de mayonnaise, Simon se sent soudainement d'un optimisme à toute épreuve.

En tout cas, pour un gars pas trop trop expérimenté, je m'en sors pas si mal! Calme et bucolique, la campagne? Ha! ha! Pas mal agitée, ce soir, la campagne! Ouf!… Cette Diane! Je pourrais recommencer tout de suite! Quel âge peut-elle avoir?… Elle pourrait être ma mère! Peut-être? Probablement. Ah et puis… Je ne veux pas le savoir.

Un souffle léger agite les rideaux de la cuisine et chatouille agréablement l'épiderme de Simon. Une sourde tension agite sa verge.

* * *

Ginette Boily a conçu cinq enfants, dont un couple de jumeaux nés prématurément; ils n'ont pas survécu. Intolérante à la pilule contraceptive et allergique au caoutchouc des condoms, elle comptait sur la bonne foi de son époux, Gilbert Bouchard, et sur sa propre vigilance pour réduire les risques de conception. Après le quatrième garçon, Ginette avait décidé d'essayer la fameuse méthode Ogino. Patiemment, elle notait chaque matin sa température corporelle, faisait de savants calculs et repoussait gentiment, mais fermement, les assauts de son homme pendant la période dangereuse. Au bout de six mois de ce régime, Ginette fut terrassée par une forte grippe qui dérégla complètement ses graphiques et elle tomba fortuitement enceinte au vingt-cinquième jour de son cycle. Simon commença donc sa vie, par accident.

La famille se serait sans doute agrandie davantage si Gilbert, pompier de son métier, n'avait pas été soufflé par une déflagration, la veille de ses trente-huit ans. Il n'y avait que quelques mois qu'il avait été muté à Montréal. La jeune mère a dû agir rapidement: le montant de l'assurance vie lui a permis de financer quelques rénovations qui ont transformé le bungalow familial en garderie. De mère au foyer, Ginette devint ainsi celle de tous les enfants du coin. Simon a grandi au milieu d'une marmaille composée de *p'tits amis* qui apparaissaient et disparaissaient au gré de leur croissance et des nombreux déménagements. Ses frères avaient une bonne longueur d'avance, puisqu'ils fréquentaient déjà l'école secondaire, et toutes les excuses étaient bonnes pour fuir la maison trop bruyante. Quelques années plus tard, leur mère les avait vus partir en se croisant les doigts. Ils étaient jeunes, certes. L'autonomie, la droiture et le respect des femmes étaient des valeurs importantes à ses yeux, et elle espérait, au moins, que ses fils les aient assimilées et que la vie ne soit pas trop dure pour eux.

Pour Simon, l'heure bénie était celle du souper, lorsque les derniers parents s'éloignaient sur le trottoir avec leur progéniture. Madame Boily redevenait Maman. SA Maman avec un grand M. Le petit garçon savait qu'elle agiterait une dernière fois la main droite en criant: Bye Bye! et elle la plongerait ensuite dans la poche de son tablier bleu pervenche pour en extirper un paquet noir et or dont elle ferait glisser le carton. Elle prendrait une cigarette et tendrait à son fils son joli Bic jaune afin qu'il en fasse lui-même jaillir la flamme. Simon n'a jamais craint le feu. Ce petit cérémonial, avant d'aller faire le souper, détendait les traits soucieux de sa mère. Simon s'assoyait de biais dans les marches de bois, à demi tourné vers le corps dolent de sa mère, appuyée contre le montant de la galerie. Le bras replié, la cigarette près de la bouche, madame Boily laissait dériver ses pensées quelques minutes en fixant le ciel, puis demandait à Simon de lui raconter sa journée, même si elles se ressemblaient toutes. Soit il avait passé son temps à s'amuser avec les plus jeunes, soit il était allé jouer avec son Etch-A-Sketch dans le parc avec Charlot. Réussir un cercle parfait exigeait plusieurs heures! Quoi qu'il en soit, madame Boily adorait entendre son petit lui raconter sa journée.

Cette mère de famille redevenait une jeune femme lorsque, un samedi soir par mois, elle allait prendre des cours de danse sociale dans le sous-sol de l'église paroissiale de Rosemont. Elle avait eu la permission d'amener Simon, ce qui lui faisait épargner les frais de gardiennage. Le petit promettait de rester bien sage, car il avait la permission de trôner, avec une fierté non dissimulée, sur un petit tabouret, tout à côté du maître de la piste de danse, monsieur Duval.

— Regarde bien comment je fais! Je vais tout te montrer!

Patiemment, monsieur Duval décrivait ses actions et Simon assimilait le langage propre aux disc-jockeys. Il était littéralement fasciné par les gestes précis du maître, par le savant ballet des disques sur les tables tournantes, par les gros écouteurs, la puissance des amplis, et les *switchs* des lumières alignées sur une planche de *plywood*. Cet enfant était une véritable éponge. Ayant rapidement développé un goût immodéré pour la musique, il amusait la galerie en mâchouillant son anglais lorsqu'il chantait à tue-tête pardessus les succès d'Elvis, ou des Classels et plus tard, lorsqu'il s'égosillait sur la chanson du groupe Babe Ruth: *The Mexican*. Le soir où monsieur Duval est arrivé avec une machine à fumée est resté longtemps gravé dans la mémoire du garçon comme étant le plus excitant de sa vie! Il a découvert que la lumière ne partait plus du point A pour se rendre au point B, par terre, mais qu'avec le concours du brouillard, le faisceau se décomposait, et tout, dans la salle, semblait suspendu, comme dans un rêve. Rien à voir avec la brume glauque exhalée des fumeurs, qui le faisait tousser!

* * *

Simon sursaute, comme si on venait de le piquer. Une main s'est posée sur son épaule. Diane Tanguay, enroulée dans son drap, esquisse une jolie moue amusée en regardant les reliefs du sandwich de son invité.

— J'te pensais parti, mon beau rousselé, murmure-t-elle d'une voix rauque et pleine de sommeil.

Elle pose sur la table un slip noir et tout fripé.

Simon saisit le vêtement et l'enfile, de nouveau intimidé devant cette inconnue. Il opte pour la franchise.

— Je n'avais jamais fait ça avant. Euh… être payé pour… enfin… Alors… je ne savais pas si je devais partir ou non.

La femme éclate d'un rire juvénile.

— En tout cas, t'étais pas un saint Joseph, certain! Si tu continues à mettre autant d'cœur à l'ouvrage, tu vas être riche à la fin de l'été, j'te l'garantis!

Perplexe, Simon n'ose pas lui demander quel est le lien entre lui et le père adoptif de Jésus. Il rappelle à Diane qu'il n'est que de passage au village; d'ailleurs, il repart dimanche. La femme lui prend le menton d'une main ferme, l'obligeant à lever les yeux vers elle.

— Si j'te dis que tu pourrais être riche à la fin de l'été, c'est que j'm'y connais. Les femmes s'ennuient, ici, l'été. Tu ne t'attaches pas, tu les satisfais, tu restes discret et tu fais fortune. Penses-y comme y faut!

Elle rajuste le drap qui dévoilait ses épaules rondes, se retourne en direction de la chambre, agite mollement la main et, en bâillant encore elle ajoute:

«Et pour répondre à ta question, oui, tu dois partir lorsque t'as fini.»

Le garçon saisit le message. Il s'habille en vitesse et se retrouve fin seul au beau milieu de la rue principale. La qualité de la noirceur l'impressionne, d'autant plus que la veille, sur la colline de Cap-Persévérance, les nuages masquaient ces milliers d'étoiles. La brise du large charrie l'humidité: Simon se félicite d'avoir pensé à apporter son chandail ouaté et sa veste en denim. En rejetant les épaules vers l'arrière d'un air satisfait, il glisse ses mains dans ses poches de jeans et ses doigts se referment sur les billets de vingt dollars. Une formidable envie de rire naît dans sa poitrine et son hilarité déclenche un concert d'aboiements qui l'incite à courir droit devant lui, en plein milieu de la rue. Il tourne au premier coin et dévale en gloussant l'une des rues qui aboutissent à la plage municipale. Il est hors de question de rentrer au gîte à cette heure tardive; il ne manquerait plus que la vieille propriétaire soit insomniaque et trop curieuse! De toute façon, dormir après cette soirée intense relève du délire; Simon se sent bien réveillé et compte sur la brise iodée pour lui remettre les idées en place.

À l'orée du quai, il avise l'escalier du premier chalet en espérant pouvoir descendre sur la grève. La plage se situe de l'autre côté du quai, mais ici, une bande de sable plus étroite est réservée aux locataires des maisonnettes d'été. Simon se faufile entre les tables, les chaises et les barbecues éparpillés sur les terrains des chalets qui bordent le rivage. Il n'avait jamais remarqué à quel point marcher sur les petits cailloux ronds produit le même bruit qu'écraser des céréales!

Avec mille précautions, Simon arrive à la jonction des terrains herbeux et du haut mur de pierre qui protège les chalets des grandes marées. *Les grands-mers de mai!* Lorsqu'il était haut comme trois pommes et qu'il habitait encore Château-Richer, Simon ne comprenait pas cette expression utilisée par grand-mère Bouchard. L'enfant lui demandait qui était Mai et qui étaient les grands-mères, et elle éclatait d'un rire aigu. «Les grandes mers, Simon! L'eau déborde jusque sur la route de l'Anse-aux- Foulons!»

Soudain, un rire de femme le fige sur place. Un murmure grave s'en suit. Juste sous lui, à quelques mètres, dans l'encoignure pierreuse, un jeune couple s'embrasse passionnément. La lueur bleutée de la lune rehausse le blanc de la robe de coton de la femme. *Comme un blacklight.* Les manches de sa veste de laine blanche, rabattues de chaque côté, dévoilent ses ravissantes épaules rondes. Ses longs cheveux foncés flottent jusqu'au milieu de son dos. L'homme, baraqué et moustachu, empoigne cette crinière pour mieux embrasser la gorge qui lui est offerte. Il porte un costume sombre et une chemise blanche. Son nœud papillon pend de guingois.

Simon sent soudainement son cœur battre la chamade. Sa conscience lui dicte de fuir, mais le frisson qui vient de le traverser le fige sur place. À mesure que l'homme déboutonne de sa main libre la légère robe de sa compagne, c'est le désir de deux mâles qui grandit. Les seins voluptueux de la femme jaillissent simultanément de leur prison de tissu. Simon est foudroyé par une érection fabuleuse. Il s'agenouille dans l'herbe et, ce faisant, soulève une fine poussière. La tête renversée, la jeune femme aperçoit un léger mouvement, comme un éclair roux, juste en haut du mur de pierres. Elle se doutait bien que l'endroit n'était pas sûr, mais depuis qu'ils ont quitté la salle de réception de l'hôtel Renaissance, où ils se sont provoqués l'un l'autre une partie de la soirée, leur désir est trop exacerbé pour entendre la voix de la prudence. Et se savoir secrètement observée décuple son excitation. Elle glisse les mains sous sa poitrine en relevant bien haut ses seins magnifiques. Sans hésiter, l'homme presse ses lèvres contre l'une des aréoles foncées de la femme et fouette de sa langue le mamelon durci. Les soupirs de plus en plus profonds de sa compagne font écho au chuintement des vaguelettes, qui viennent mourir sur le sable, à quelques mètres d'eux.

Simon, dans un état second, fait sauter le bouton de sa braguette et descend sa fermeture éclair. Sa verge, affamée de plaisir, comme s'il l'avait tenue à une abstinence forcée depuis des semaines, palpite lorsque ses doigts se referment dessus. Le jeune homme n'a jamais vu d'aussi gros seins. Ils apparaissent clairement dans la lumière de la lune, et l'homme continue de les malaxer avec adresse. L'un de ses pouces tourne intensément sur le mamelon libre, et ce mouvement déclenche une série de gémissements qui ressemblent au miaulement d'un chaton.

Toute la soirée, l'homme a fantasmé sur ce moment, et maintenant, il entend bien en profiter au maximum. Il lui semble qu'il est bandé depuis le moment où cette déesse a accepté de l'accompagner à son bal des finissants. Saison touristique oblige, les bals ont lieu à la fin mai. Le garçon glisse l'une de ses mains sous la robe de la fille en frôlant sa cuisse veloutée et remonte le coton avec une lenteur calculée, déchaînant des vagues de chair de poule sur les jambes dénudées. La main de l'homme atteint l'aine de sa partenaire. Il étire les doigts un peu plus: une sève chaude les mouille aussitôt. Il ne peut étouffer une exclamation de surprise en découvrant qu'elle ne porte pas de petite culotte. La jeune femme émet un bref rire coquin.

Simon est déçu parce qu'il n'arrive pas à mieux distinguer ce qui se passe et n'ose s'étirer le cou davantage. Soudain, l'homme plonge le visage dans la chevelure de sa belle pour lui mordiller le lobe de l'oreille et le rayon de lune dévoile le visage crispé de la femme. La verge de Simon réagit encore plus en entendant les grondements rauques des amants. On dirait la parade amoureuse de deux panthères. Les mains de la femme s'acharnent sur la chemise de l'homme. Le rouquin imagine que ce sont elles qui, à la place des siennes, enserrent son membre impatient. Son ventre se contracte. Le gaillard retire promptement ses doigts de la vulve de sa compagne et les plaque avec douceur contre les lèvres de celle-ci, dont il redoute les cris d'extase. Elle les engloutit dans un bruit de succion perverse qui fait suinter le gland de Simon.

Il est sur le point d'échapper un soupir et de faire écho aux sons étouffés du couple, lorsqu'il entend claquer comme le ressac ces quelques mots murmurés:

— Tu m' veux? Tu m' veux?

Secouant la tête comme une démente, la jeune femme siffle entre ses dents:

— Oh! oui! Oui! Oui, j'te veux! Fais-moi pus attendre!

Simon perçoit un cliquetis de ceinture tombant sur le sol. La femme s'agrippe au cou de l'homme, qui empoigne solidement les fesses de celle-ci pour la soulever. Elle entoure la taille solide avec ses jambes et apprécie le bassin de l'homme sur son ventre ferme, alors que son clitoris frôle les poils drus de celui-ci. Toujours consciente que là-haut, quelqu'un de roux se rince l'œil et se masturbe probablement en les regardant, elle sent un afflux de glaire lubrifier davantage ce gros pénis qui la ramone si bien. Son amant grogne.

— T'es excitée, ma belle! Ben trop excitée! Tu vas me faire venir trop vite!

C'est exactement ce que la jeune femme désire, car elle-même se sent sur le point de jouir. Elle resserre les muscles de son périnée et agite davantage son bassin. Le plaisir monte à toute vitesse le long de ses jambes. Elle supplie presque son partenaire.

— Viens! Viens! Oh! que c'est bon! C'est bon!!!

L'homme râle, surpris par la violence de son éjaculation. Il tombe à genoux, bande les muscles pour retenir le corps de sa maîtresse et la dépose doucement sur le sable, la robe relevée sur la poitrine. La lune, d'un rayon oblique, illumine un parfait triangle foncé entre les deux cuisses blanches de la fille, miroitantes de sperme.

Le silence ému qui s'en suit permet au couple de constater que la marée montante les aurait surpris s'ils avaient prolongé leurs ébats. Les petites vagues grignotent implacablement la bande sablonneuse. Dans un soupir qui en dit long sur leur satisfaction, les amants se rhabillent et partent en courant le long du muret. Avisée, la demoiselle entraîne son compagnon vers l'escalier du quatrième chalet, assez éloigné du coin du mur, afin que le mystérieux rouquin ne soit pas découvert.

Assis dans l'herbe fraîche, la main poisseuse, Simon attend que son cœur reprenne son rythme normal. Il a les cheveux humides et le front tout mouillé. Il glisse machinalement l'index le long de l'arête de son nez pour remonter ses lunettes. La brise du fleuve hérisse son épiderme et la fatigue l'envahit. Il décide de retourner au gîte Sous la couette, priant pour que la propriétaire soit endormie. Simon trouve sans encombre le chemin de sa chambre. Il s'écroule sur son lit, tout habillé, rompu de fatigue. Il rêve d'une salle de danse bondée.

* * *

Lorsque Jonathan, le fils aîné de la famille, a quitté la maison, à dix-sept ans, madame Boily a jugé que Simon était assez mature pour veiller de temps à autre sur les petits, lorsqu'elle avait une course à faire. Simon prenait cette responsabilité à cœur, d'autant plus que ça lui permettait d'avoir un peu d'argent de poche. Les enfants appréciaient son côté clownesque et son sens de la répartie, des qualités qu'un rouquin, myope de surcroît, doit développer assez vite afin de faire face aux quolibets des autres écoliers.

Il avait une autre source de revenus: monsieur Duval l'avait promu au rang d'assistant aux éclairages, le soir de ses quatorze ans. Manipuler chaque samedi les *switchs* du *board* au bon moment, en harmonie avec la pièce musicale, lui donnait un tel sentiment d'importance! Chaque dollar ainsi gagné se ramassait invariablement dans la caisse enregistreuse de chez Sam The Record Man, la caverne d'Ali Baba du collectionneur de disques.

Ginette Boily adorait les petits moments de solitude, au volant de sa Torino 1972 vert bouteille. Elle insérait alors une cassette dans le lecteur, s'allumait une cigarette et conduisait en chantant. Parfois, même, elle soliloquait avec le fantôme de son Gilbert adoré. Persuadée que son âme rôdait toujours autour d'elle, elle commentait les dernières nouvelles de la famille à haute voix, s'interrompant pour hurler avec Beau Dommage: *Avec le blu-ues d'la métro-pole!*

Un jour où la voix grave de Joe Dassin chantait sa mélancolie, Ginette éclata en sanglots. Pleurant à chaudes larmes derrière son volant, la voiture immobilisée sur le côté de la route, elle avoua à voix haute ce que son cœur lui soufflait depuis un bon moment: elle était tombée amoureuse des beaux yeux bleus de monsieur Duval.

* * *

Simon s'agite sur son lit. Sur un vieil écran de télévision crépitant, Steve Penney réussit un arrêt spectaculaire et une bagarre éclate entre les joueurs des Canadiens et ceux des Nordiques. La glace du Forum s'illumine sous des centaines de boules en miroir et Simon, debout derrière une estrade, dirige en maître un spectaculaire jeu de lumière qui rythme l'escarmouche. Un visage apparaît soudain comme un hologramme flottant au-dessus de la glace vive. Sylvie Routhier.

* * *

Dans la maison d'en face, depuis toujours, vivaient les Routhier. Madame était pieuse et austère, monsieur était plutôt mouton. Tous les samedis soirs, madame se rendait aux réunions des Filles d'Isabelle; Sylvie supervisait le bain et le coucher de ses frères. Couvre-feu à huit heures trente. La jeune adolescente avait le droit de recevoir deux amies, si et seulement si son père était dans les parages pour les surveiller. Monsieur Routhier fermait les yeux sur les activités de sa fille, s'assurant ainsi de sa discrétion et de sa complicité. Retraites, neuvaines et autres manifestations d'amitié envers le Créateur lui offraient au moins trois bonnes heures où il disparaissait au sous-sol. Ses partenaires de poker se faufilaient par l'arrière de la maison comme des gamins, dissimulant sous le manteau leur bouteille de vodka. À leur retour, les épouses mettaient certaines hésitations de langage sur le compte de la fatigue de la semaine et les heureux compères s'endormaient, ronflaient et pétaient en toute candeur.

Les premiers temps, Sylvie sautait sur sa bicyclette Mustang vert pomme à banc banane et se dépêchait de rejoindre ses amies. Il y a un dieu pour les délinquants, comme pour les soûlons: monsieur Routhier n'avait jamais eu de pépin. Un soir de pluie, pourtant, sa fille a trouvé beaucoup plus instructif de tendre l'oreille, plutôt que d'aller pérorer avec Chantale et Laure sur les déhanchements de John Travolta. Elle prit l'habitude d'écouter les conversations des joueurs de poker, pour reconstituer les péripéties des amis de son père, comme s'il s'agissait d'un radioroman non censuré.

Parmi les fidèles, il y avait Roger, un corpulent chauffeur d'autobus qui semblait avoir une vie plutôt épicée. Sylvie ne perdait pas une miette de ses vantardises et avait noté le ton égrillard de ceux qui réclamaient, presque en chuchotant, des détails juteux. Les mots *chaude, cochonne, tigresse* parvenaient avec peine aux oreilles chastes de

Sylvie, puis des éclats de rire gras, mêlés d'exclamations envieuses, laissaient croire à la jeune fille que Roger était un homme privilégié.

Un soir, une clameur l'avait fait sursauter.

— Maudit Roger! Tu nous mènes en bateau? C'est pas ta belle brune certain, ça!

— Ben non, c'est sûr que c'pas elle, mais à y r'semble en maudit par exemple! C'est pour ça que j'vous ai apporté l'magazine!

— Maudit chanceux! Y avez-vous vu l'buisson ardent? Ça donne envie d'aller y faire une offrande! Ah! Ah! Ah!

La curiosité avait poussé Sylvie à dévaler brusquement l'escalier en criant un peu trop fort:

— Papa, il n'y a plus de Seven Up en haut! Je peux en prendre un ici?

Les quatre hommes avaient rivé sur elle des yeux ébahis. En voulant plaquer sa main sur la page centrale de son *Penthouse*, Roger avait envoyé son verre au tapis, et sans réfléchir, s'était jeté sous la table pour le reprendre. Sylvie avait saisi une canette dans le réfrigérateur, pivoté sur elle-même et remonté l'escalier quatre à quatre pour éviter que les hommes ne remarquent ses joues rouges. Dans sa mémoire s'était gravée l'image d'une femme pâle aux cheveux foncés et longs, au corps langoureusement arqué sur un drap bleu, les cuisses grandes ouvertes sur un joli sexe rose.

Quelque chose venait de s'éveiller dans le corps de la jeune adolescente.

Le visage riant de Sylvie Routhier s'approche de Simon, il peut sentir la chaleur de son haleine contre ses lèvres, sentir l'odeur de gazon coupé. Elle disait dit que c'est grâce à son shampoing vert, Herbal quelque chose…

Le bras replié sous son oreiller, Simon y presse son nez. Dans son rêve, les cheveux de Sylvie lui chatouillent le visage; il sent des mains qui lui touchent le dos. Son drap commence à s'agiter au niveau du bassin. Il s'éveille à demi et laisse les souvenirs affleurer à son esprit.

* * *

C'est un samedi soir d'été, chaud et humide, Simon a presque quinze ans. La salle de danse est fermée pour les vacances de la construction, Charles est parti visiter ses grands-parents à Shawinigan, Simon se sent seul et désœuvré. Il aurait dû accepter d'aller au ciné-parc avec sa mère et monsieur Duval, mais il a vu *Grease* la semaine dernière avec Charles. Le rouquin songe sans entrain qu'il pourrait aller à la piscine municipale.

Bof… Patauger dans l'eau tiède avec toute une gang d'inconnus… Ça me donne l'impression d'être une nouille de plus dans une soupe! D'un autre côté, il y a peut-être des filles intéressantes à reluquer. Charles n'est pas là, j'ai peut-être des chances! Ben non, nono. D'un coup que je me mets à bander dans mon Speedo, j'vas avoir l'air fin!

Le garçon sort sur la galerie en traînant les pieds. Sur le trottoir d'en face, la jolie voisine, trop vieille pour lui, le regarde avec insistance, ce qui étonne le jeune homme, pour qui elle n'a jamais eu un seul regard auparavant. Elle traverse la rue avec détermination et lui fait signe de venir. Il trouve qu'elle a les yeux étranges, troublés. Elle tend la main.

— Sylvie

— Je sais. Euh… Moi, c'est Simon.

Le garçon vient de trahir son intérêt.

Il bredouille:

— Je…j'ai déjà joué avec tes frères, c'est pour ça que je sais ton nom.

Sylvie lui demande de but en blanc s'il lui arrive de faire des rêves cochons. Simon a subitement l'impression d'être flambant nu devant elle.

Comment sait-elle ça? Est-ce que c'est ce qu'on appelle l'intuition féminine?

Intimidé, Simon se laisse entraîner derrière le garage, où une haie les protège des regards. Avec autorité, elle annonce:

— Je veux m'exercer à embrasser les garçons.

La première tentative les déçoit vaguement. Aussi maladroits l'un que l'autre, ils essaient d'imiter les acteurs. Approcher l'un de l'autre, fermer les yeux et presser les lèvres. Et ensuite? Ils recommencent, cette fois en s'enlaçant. Chacun ressent un sentiment étrange qui semble germer au creux de leurs reins. Élève appliqué, Simon propose de s'exercer quelques autres samedis, mais cette fois, derrière chez lui. À défaut d'y avoir un garage, il y a un petit cabanon abritant la tondeuse et le râteau, qui peut servir de laboratoire, et ce sera bien plus discret.

Au fil des semaines, Simon, ensorcelé par l'odeur des cheveux de Sylvie, laisse parler son instinct. Il lui embrasse l'oreille, longuement, en suce le lobe, en titille le pavillon du bout de sa langue. Il s'enhardit. Il glisse vers le cou de Sylvie. En passant sa main dans les cheveux soyeux de la jeune fille, il lui semble que l'odeur devient plus puissante encore. Sylvie garde les yeux fermés sous la pluie de petits baisers. Elle humidifie ses lèvres du bout de sa langue rose. Simon a une urgente envie de *cette bouche-là*. Sur lui.

Pour la première fois de sa vie, travailler auprès de monsieur Duval perd de son charme, puisque Sylvie est surtout libre les samedis soirs. Simon se creuse les méninges pour inventer des excuses plausibles, justifiant ainsi ses absences répétées. Mais c'est sans compter les antennes de maman! Acculé au pied du mur, il doit avouer qu'il rencontre une jeune fille avec qui il jure ne faire que des promenades bucoliques à vélo. Avec l'accord de son futur beau-père, Simon apprend à Charles les rudiments de l'éclairage. Il pourra le remplacer occasionnellement comme assistant, moyennant un pourcentage sur son salaire gagné. Monsieur Duval est secrètement contrarié, car ce grand dadais de Charles Dulac semble pas mal plus intéressé par les silhouettes féminines que par les interrupteurs des lumières. Mais Ginette lui fait comprendre qu'il vaut mieux accommoder Simon. «Il te reviendra bien assez vite quand il aura envie de gâter sa donzelle, inquiète-toi pas!»

Ainsi, pendant que les autres sont occupés à la salle paroissiale, les deux apprentis s'étreignent dans le cabanon, s'embrassent sans fin, sans dire un mot, découvrant le pouvoir aphrodisiaque du mélange des langues. L'adolescent devient instantanément à l'étroit dans son caleçon et tel un aimant, son bassin cherche les hanches de la jeune fille. Sylvie, le cœur battant, se rend compte qu'elle a envie d'écarter les jambes lorsqu'elle sent l'insistance de ce membre ferme appuyé sur elle. À dix-sept ans, elle n'arrive pas à déterminer si elle est amoureuse ou non de ce petit rouquin, mais son désir croît en fonction des caresses du jeune homme, et bientôt, seule la peur de faire un bébé l'empêche de retirer sa culotte. Cette préoccupation la force à envisager de faire chanter son père au sujet de ses réunions illicites, dans le but de réclamer le droit de prendre la pilule contraceptive. Il devra fournir alors le seul argument qui pourrait convaincre sa femme avant qu'elle traite leur fille de dépravée: «Avec tout ce qu'on entend de nos jours... un viol est si vite arrivé.»

Plein de candeur, l'adolescent croit que sa mère gobe les récits de ses soirées, cousus de fil blanc. Il ne remarque pas l'odeur de fleurs sur ses vêtements. Il n'explique ni son récent désir de laver ses draps empesés lui-même ni cet engouement subit pour la douche et la brosse à dents! Sa mère se remémore ses frères qui, jadis, repoussaient eux aussi ses tentatives d'aborder l'épineux sujet de la sexualité, en répliquant qu'ils n'étaient plus des bébés. Un brin nostalgique, mais toujours pragmatique, Ginette attend que son «bébé» soit dans son bain pour déposer sur sa table de chevet une boîte de condoms, accompagné d'un petit mot: *N'oublie jamais ton imperméable!* Puis, elle téléphone à Jonathan.

— Il serait temps que tu ailles une conversation de grand frère avec Simon. Je pense que tu es mieux placé que moi pour lui faire comprendre les choses de la vie.

Jonathan sourit. En grand frère consciencieux, il cherche des idées dans les dernières éditions de *Playboy*. Il s'arrangera pour inviter Simon à souper, prétexte idéal pour un petit cours de sexualité-101 entre frères.

* * *

Mi-août, Sylvie loge chez les Bélair toute une semaine, ces derniers désirent revivre leur voyage de noces à Old Orchard Beach. Toute la journée, elle trimballe le petit Martin du terrain de jeu à la piscine. Le couple prend des nouvelles de leur petit trésor chaque soir, vers dix-neuf heures, avant qu'il sombre dans un sommeil profond. Au milieu de la semaine, Sylvie téléphone à Simon.

Ginette Boily et Jovette Lautrec, amies et voisines, tournaient la roulette du téléviseur depuis un bon moment, du deux au treize, sans rien trouver d'intéressant. Au moins hier, c'était Le temps d'une paix! En désespoir de cause, Jovette propose à Ginette de jouer au Monopoly.

— Tu veux encore me mettre sur la paille, hein, ma p'tite juive?

Absorbée à calculer ses billets de pacotille en espérant s'approprier les Jardins Marvin, Ginette sourcille à peine lorsque son fils lui annonce qu'il veut aller se promener avec Charles.

— À pluie battante?

Silence embarrassé.

«N'oublie pas ton imperméable!»

Simon rougit jusqu'aux cheveux. Jovette Lautrec ne se rend compte de rien, contrariée de devoir encore rester en prison pour un tour. Tout est organisé: les parents de Charles jouent au Whist chez son parrain en grignotant sûrement leurs sempiternels Party Mix. Charles se terre dans sa chambre pour répondre au moindre coup de téléphone. Il attend le récit exhaustif du dépucelage de son ami; si sa mère appelle, il inventera une excuse pour écouter la conversation. Assis en tailleur, il étale autour de lui de quoi tenir le siège: des biscuits Whippet, des bananes en guimauve, de la réglisse rouge, des chips barbecue, trois canettes de Coke et trois *Playboy* fournis par Simon.

Le pénis de Charles oscille entre Michele Drake, une ravissante poupée blonde à la toison fournie, Louann Fernald, une brune incendiaire qu'il surnomme «l'infernalde» et Candy Loving, dont les seins impressionnants semblent vouloir déborder du magazine.

Zigzaguant entre clôtures et ruelles, le rouquin s'immisce dans la maison de tous ses désirs par la porte coulissante arrière, commodément entrouverte. La pièce étant plongée dans le noir, les voisins ne peuvent rien déceler. Il abandonne rapidement ses espadrilles détrempées sur le tapis d'entrée et dépose son K-Way marine dans l'évier de cuisine. La lueur d'une chandelle, dans le couloir, l'attire comme un papillon vers la chambre des parents. Frissonnant d'excitation, il a déjà oublié qu'un condom se trouve dans sa poche de pantalon.

Les deux adolescents n'échangent aucune parole de bienvenue. Ils ont l'air grave du soldat à l'imminence d'une attaque. Étendue nue entre les draps, Sylvie observe avec un plaisir étrange le jeune garçon qui, le dos tourné, se dévêt au pied du lit, les gestes un peu hésitants. Il se retourne vers elle, en caleçon aux couleurs des Canadiens. Elle lui fait signe de l'enlever. Le slip de coton gigote comme s'il avait abrité une souris désorientée. Pivotant de nouveau pour reprendre contenance, le rouquin lui présente derechef son dos lisse et pâle. Il se penche pour retirer brusquement son slip. La jeune fille s'étire le cou pour admirer les mignonnes fesses laiteuses de son voisin, curieusement dépourvues d'éphélides. Lorsque Simon fait volte-face, elle admire le déploiement rapide d'une belle érection et ce phénomène provoque chez elle un puissant échauffement de sa vulve. Rudement impressionné de la vaillance de son membre, Simon reprend confiance. Tirant délicatement sur le drap, il dévoile centimètre par centimètre une peau gorgée du soleil d'été, magnifiée par la lueur enveloppante de la chandelle. Son pénis continue d'enfler au fur et à mesure que s'efface le tissu. Il le sent bien rigide, dès qu'apparaissent les seins juvéniles et pointus qu'il a tant imaginés contre sa poitrine. Toutes les filles de papier glacé qui ont servi les propos de son frère viennent d'être éclipsées par les formes bien réelles de Sylvie.

Impassible et tremblante, celle-ci tente d'analyser chaque sensation. Le drap effleure son ventre, s'immobilise quelques secondes au-dessus de son pubis, puis elle le laisse choir. Pour Simon, le petit triangle rose et blond, c'est la vision la plus osée qu'il a contemplée et sa verge bat douloureusement contre son ventre. Il s'agenouille entre les cuisses maigres de la jeune fille, et avec vénération, il baise chaque centimètre de son ventre plat, sans oser monter plus haut ou descendre plus bas. Sylvie lui demande d'enlever ses lunettes, dont le contact sur sa peau est désagréable. Il la verra floue, mais désireux de plaire, Simon les dépose sur la table de chevet et enfouit son visage au creux du ventre chaud qui tressaute sous l'emprise d'un désir impérieux. Sylvie ressent des envies violentes d'écarter davantage les jambes.

Pendant que Simon se demande si son frère était sérieux lorsqu'il lui avait dit qu'il pouvait embrasser une fille partout, partout, ses baisers le conduisent jusqu'aux aines de Sylvie. Une pensée affolée traverse l'esprit de la jeune fille.

Oh non! S'il se met le nez là… Qu'est-ce que ça sent? Le pipi?

Vivement, Sylvie saisit la tête du garçon et la tire vers sa poitrine. Ses petits mamelons crispés ressemblent à des fraises des champs et Simon trouve très agréable de les sentir sous sa langue. Il abaisse son bassin vers les poils follets de Sylvie et son gland les humidifie. Il faillit éjaculer au moment où, surmontant sa gêne, sa compagne pose le bout des doigts sur sa verge et la guide de façon à ce qu'elle glisse dans sa fente. Simon peine à se tenir au-dessus d'elle, tant ses bras tremblent. Il perçoit un petit renflement sur lequel la jeune fille exerce une légère pression. Elle se met à gémir tout bas. L'adolescent s'immobilise, craintif, mais bientôt, ses reins sont emprisonnés dans le plus doux des étaux: tout naturellement, Sylvie a noué ses jambes autour de lui et son bassin s'arque à la rencontre de la mince tige qui s'immisce de quelques centimètres dans sa vulve étroite.

— Je te fais mal?

Simon amorce un mouvement de recul, mais Sylvie secoue la tête en signe de dénégation. Enhardi, il s'enfonce un peu plus. Elle se crispe. De nouveau, il s'arrête, mais elle l'encourage d'un sourire brave. De plus en plus dominé par le plaisir, Simon remarque à peine qu'il bute sur une fine barrière; il se rend compte que Sylvie se raidit brusquement. L'adolescent a atteint un point de non-retour, et la dernière chose qu'il souhaite, c'est qu'elle lui demande d'arrêter sur-le-champ! Le garçon a alors une impulsion subite: il s'immobilise, prend le visage de la belle blonde entre ses mains et dépose sur ses lèvres un baiser tellement doux et tellement fort qu'une digue se rompt d'elle-même au creux du ventre vierge. La jolie bouche de Sylvie s'arrondit en un O parfait. Simon a l'impression d'être aspiré tout entier dans un trou noir intergalactique! Sylvie serre les lèvres pour étouffer un cri qui aurait éveillé le bambin. Un mouvement de va-et-vient instinctif entraîne leurs corps dans une ancestrale danse amoureuse, à mille lieues de toute trivialité. Agrippés l'un à l'autre comme des naufragés, ils mettent pied ensemble sur le rivage de l'orgasme.

Après de très longues minutes à tenter de reprendre un souffle normal, Simon s'aperçoit que Sylvie arbore un sourire incrédule, le visage baigné de larmes. Il les lèche avec délicatesse.

— Je t'aime, Sylvie.

— Moi aussi, Simon.

Tout est dit. Un ange passe… Sans savoir pourquoi, la recommandation de Ginette resurgit soudainement dans la conscience de Simon. Il jure tout bas.

— Qu'y a-t-il?

— J'avais un condom, mais…

Sylvie s'empresse de le rassurer: elle a obtenu de haute lutte la permission de prendre la petite pilule magique. Tout à coup, Sylvie bondit du lit.

— Le drap! Il faut laver le drap!

C'est en enfouissant le tissu souillé dans la machine à laver que Simon a appris la signification du mot *hymen*, qui ne figurait dans aucun *Playboy*.

* * *

Une odeur persistante de café et un rayon de soleil aveuglant dessillent les yeux du jeune homme roux. Simon met quelques secondes à réaliser où il se trouve.

Boaaaaaammmm… Boaaaaaaaammmm!

Il se redresse brusquement, agrippe ses lunettes et consulte sa montre. Dix heures! La dernière croisière pour les baleines quitte le quai! Il se précipite à la fenêtre. Une grosse goélette avance paresseusement sur l'onde et salue les villageois de sa puissante sirène. Simon est catastrophé. Rien ne se déroule comme il l'avait prévu en cette maudite fin de semaine! Il sort de sa chambre, armé d'une longue serviette, et se rue vers la salle de bains. Quel apaisement, cette douche chaude! Les reins ceints du tissu éponge marine, ses vêtements de la veille en tas dans les mains, il regagne sa chambre, non sans croiser le regard amusé de madame Saint-Onge, propriétaire du gîte. Une pile de draps propres sur les bras, elle lui lance:

— À ce que je vois, j'ai bien fait de garder le café au chaud! Si tu as faim, je t'attends en bas, mon garçon!

Faim? Mais bien sûr qu'il a faim! Extrêmement reconnaissant envers la gentille sexagénaire, qui ne se vexe pas lorsqu'il lui confie qu'il se sent chez elle comme chez sa grand-maman Bouchard, le jeune rouquin dévore goulûment un muffin au son et au chocolat, engouffre trois crêpes au sarrasin débordantes de confiture de cerises de terre. Son appétit gonfle d'orgueil la propriétaire, qui lui offre un deuxième verre de jus d'orange frais. Une valse musette égaie l'atmosphère.

Discrète, l'hôtesse ne pose jamais de questions, et souvent, son attitude suscite d'elle-même les confidences. Mais dans le silence qui s'étire ce matin-là, elle ne peut s'empêcher de dire:

— Profites-en bien pendant que tu es jeune! Une nuit sur la corde à linge et frais comme une rose au matin...

Simon maudit sa propension naturelle au rougissement et fait diversion.

— Vous ne barrez pas vos portes la nuit? C'est pas dangereux?

Madame Saint-Onge glousse.

— Dangereux? Mais pour qui? Pourquoi? Ici, tout le monde se connaît! J'accueille des gens de partout depuis des années et jamais je n'ai eu un seul incident à déplorer. Quelques bibelots cassés par maladresse, une tasse ou deux d'ébréchée et c'est tout. Je ne cache pas un trésor sous mon lit et à soixante-quatre ans, que veux-tu qu'il m'arrive? J'dis pas, dans mon jeune temps... Tu sais, ici, au village, plusieurs femmes ne barrent jamais leur porte au cas où un prince charmant viendrait les distraire!

Embarrassé, Simon accueille avec soulagement la proposition que lui fait la vieille dame, d'aller prendre son café sur la véranda, à l'arrière de la maison. Ébloui par le soleil, la tasse bien nichée au creux des mains, le garçon s'engage sur un joli sentier de terre battue qui cerne un potager à peine esquissé. Il est intrigué par les bosquets bleus qui longent la clôture au fond de la cour. Ces grappes de petites fleurs sont si timides qu'elles courbent la tête et présentent leur dos au soleil, ce qui oblige Simon à s'accroupir pour les examiner de plus près. Que de beauté dans ces corolles couleur bleuet, dont la gorge blanche et le sépale pourpré s'harmonisent à merveille! Madame Saint-Onge, linge à vaisselle à la main, admire la crinière flamboyante de son invité, puis elle crie au travers de la moustiquaire:

— C'est bon pour le rhume, la bourrache!

Gêné d'avoir été surpris dans une contemplation qui l'étonne lui-même, le rouquin se relève un peu trop vivement au goût des abeilles, qui virevoltent avec un bourdonnement de protestation destiné à intimider l'intrus. Tactique qui fonctionne parfaitement avec le citadin qui zigzague prestement entre les petits plants de tomates et les futures allées de concombres et de fèves, identifiées seulement, pour l'instant, par un panonceau représentant le légume peint à la main. Il regagne la galerie de bois, s'installe dans une large chaise de rotin au coussin fleuri, déplie ses jambes sur un pouf assorti, pose sa tasse sur un guéridon patiné et laisse dériver ses pensées.

À quoi ai-je pensé, venir comme ça dans un bled perdu? Pff... Pour oublier Sylvie? Elle et son nouveau flirt, le facteur qui ressemble à Starsky, de Starsky et Hutch. Elle trouve les lunettes aviateurs tellement sexy! *Moi, j'ai l'air d'une mouche avec ça... De toute façon, j'aime mieux ma vie avec Jonathan, je vais pouvoir repartir sur de nouvelles bases.*

Simon se remémore le jour où, invoquant le manque d'intimité à la maison familiale, il a demandé à son frère s'il pouvait partager son grand logement avec lui. Sous-chef dans un bistrot français du Vieux-Montréal, Jonathan n'était pour ainsi dire jamais à la maison.

Ulcérée, mais toujours compréhensive, sa mère lui avait dit qu'elle en profiterait pour se recycler, selon l'expression à la mode. Les cris, les pleurs, les couches, les citrouilles à sculpter, les flocons de neige à découper, les cocos de Pâques... Elle avait fait le tour de son répertoire d'activités bien des fois. Dieu qu'elle n'était pas pressée d'être grand-mère!

Je me demande bien dans quel domaine elle aimerait se recycler...

En plus, la paroisse avait réquisitionné la salle de danse pour la transformer en salle de bingo. Pour les fidèles, monsieur Duval et Simon, ce fut un dur coup à encaisser. Pour la première fois depuis des années, les disc-jockeys doivent réfléchir à leur avenir. Les habitudes changent. Les plus jeunes dansent des soirées durant dans les gymnases de polyvalentes, puis dans les discothèques; les plus vieux se tournent vers les pianos-bars.

J'haïrais pas ça travailler avec des gars comme Robert Ouimet ou Michel Simard, au Limelight. Leur fameux «mur du son» de huit mille watts RMS, on ne trouve pas ça nulle part ailleurs!

Monsieur Duval se trouvait aussi à la croisée des

chemins. Simon l'avait souvent entendu en discuter avec sa mère.

— Tu comprends, Ginette, travailler dans une polyvalente, ça a plusieurs avantages. On couvre le plafond de lumières, on empile les caisses de son, c'est fait! Par contre, les jeunes veulent danser sur les dernières tounes. Ça finit par coûter cher de disques! D'un autre côté, si je continue dans les célébrations, c'est l'habit pis la cravate, mais aussi un public pas mal plus sur le *party*! Eh! qu'on a eu du fun, hein ma noire? La piste de danse désemplit pas, ça boit tellement dans ces soirées-là que tout le monde se trémousse quand même, et à la fin, tu fais quasiment partie de la famille! Ben sûr, ça prendrait un *truck* pour l'équipement, pis faut l'acheter ce stock-là! Penses-tu que Disco Duval pourrait devenir LA référence?

Madame Saint-Onge entrouvre la porte-moustiquaire.
— Encore un peu de café? Il doit avoir refroidi.
Simon accepte en tendant sa tasse. Il frissonne un peu, l'été se laisse désirer. Sa logeuse revient avec une douillette rose pâle dans laquelle il puise une douce chaleur. Simon repense au mariage de sa mère, où Charles et lui ont eu tellement de plaisir à prendre le contrôle de la soirée.

Y a pas à dire, on est doués ensemble. Peut-être qu'on devrait lancer notre entreprise? L'école de danse sociale qui m'engage en attendant, c'est très bien, mais ça ne me change pas tellement de la salle paroissiale… Cha-cha-cha, tango, salsa… C'est toujours la même affaire… Quand j'pense à Charles qui a réussi à se faire engager au 281! Toutes ces filles en chaleur qui font la file, il a l'embarras du choix, comme il dit. Sauf que l'air conditionné doit être pas mal fort, parce qu'il renifle tout le temps...

À *l'heure qu'il est, Armand a peut-être acheté son Chevy Van pour trimballer tout son nouveau stock... Le garage, chez maman, est plein de stock neuf et usagé!*

En tout cas, ça montre qu'il est sérieux dans son affaire: des tables tournantes, quatre boîtes de son Pioneer avec un ampli de cent watts, des spinners R1 et R8[1], un stock de gélatines[2] de chez Atelier Albert, du filage en masse et ses fameuses boîtes à fleurs home maid!

Simon sourit en prenant une gorgée de café. Les fameuses boîtes à fleurs d'Armand. C'est lui qui les avait baptisées comme ça: trois petites boîtes percées de trous contenant chacune quatre spots (vert, rouge, jaune et bleu) alignées côte à côte sur le dessus de la table, devant les deux tables tournantes.

Si ça grossit comme il le dit, sa business, ça sera pas long qu'il va pouvoir acheter une boule de miroirs, d'autres spots, des stroboscopes, pis tout le reste au lieu de les louer! Qu'est-ce que je fais? J'embarque avec lui ou non?

Simon chasse une mouche paresseuse de la main. Bien qu'il ait une confiance inébranlable en Charles, quelque chose l'inquiète, même s'il n'arrive pas à mettre le doigt dessus. Il a depuis longtemps remarqué que leur conception de l'amour est pas mal différente. Dans une soirée, il y a toujours des filles pour qui séduire le D.J. équivaut à gagner un trophée. Simon est plus romantique, il préfère que les deux éprouvent des sentiments l'un pour l'autre. Charles adore servir de trophée! Il agit comme un

---

1 Spinners: système d'éclairage rotatif comportant une ou plusieurs ampoules. R8 signifie 8 lampes.
2 Gélatines: feuilles transparentes et colorées permettant de changer la couleur d'un projecteur.

lépidoptérophile et n'a jamais assez de belles à épingler sur son tableau de chasse. Ce qui nuit passablement au travail lorsque Simon se retrouve seul aux commandes, parce que le beau Charles accepte toutes les demandes et court se trémousser sur la piste!

Armand a déjà commencé à former son neveu et sa nièce pour avoir une équipe de plus... Qu'est-ce qui serait mieux? Continuer les partys de famille? M'essayer dans une disco?

Mal à l'aise, partagé et indécis, Simon se demande s'il a bien fait, finalement, de s'exiler de la ville pour réfléchir. Son esprit lui semble plus encombré que jamais!

Je n'aurais jamais cru que mon idée de m'éloigner de la ville me ferait vivre toutes ces péripéties. C'était rien qu'une idée comme ça... Depuis, tout ce qui arrive... Quel sens donner à tout ça?

* * *

Cuisinier dans un hôtel à Banff, son frère Michel était venu pour les noces de leur mère et d'Armand. Comme ils se voyaient peu et s'entendaient bien, Simon leur avait proposé de partir tous les trois dans le Bas-du-Fleuve pour une petite virée.

— T'es sûr que tu veux qu'on aille s'enterrer dans l'bois? Qu'est-ce qu'on va faire là? Tu vas aller *cruiser* une épinette?

Jonathan, hilare, avait répété *ad nauseam* que Simon allait rencontrer la baleine de sa vie.

Michel ne pouvait pas: le Deep Forest Hotel de Banff venait d'inaugurer une nouvelle salle des congrès qui leur donnait déjà un surcroît d'achalandage. Jonathan? L'affluence n'avait toujours pas diminué au bistrot La Rémoulade. Depuis son inauguration, les Montréalais continuaient de converger en masse vers le nouveau palais des congrès et en profitaient pour redécouvrir le Vieux-Montréal. Jonathan imitait parfaitement l'accent de son patron, monsieur Bonnet, lorsqu'il narrait la réaction de celui-ci devant cet édifice qui faisait grossir sa clientèle.

— Toutes ces années de construction pour ÇA! Ah! ben BRAVO! C'est du propre! Un cube chamarré! Un énorme Rubik! Une honte dans c'quartier, peuchère!

Hilares, les frères répétaient: Une honte dans c'quartier, peuchèreuuuuh!

— Pourquoi t'irais pas avec Charles? J'te passe mon char, si tu veux!

Il lui avait agité sous son nez les clés de sa toute nouvelle Honda Civic 1500 GL *hatchback* blanche.

— Je vais te prêter ma caméra aussi, tu iras photographier une couple de baleines au large!

Normalement, l'idée d'une virée avec Charles aurait enchanté Simon. Mais quelques jours plus tôt, le rouquin s'était encore retrouvé seul à démonter le *set-up*[3] de la soirée, son ami s'étant éclipsé avec une jolie blonde. En pleine nuit, son ami était venu frapper chez lui en panique. La fille en question ne réagissait plus! Elle était toute molle!

— J'sais pas ce qu'elle a pris! A m'avait dit que c'tait d'la bonne, elle connaissait l'gars pis toute... Elle en a pris la première pis est tombée, floc! De même! Ah! câlisse que chus dans marde! Chus dans marde!

Simon avait envoyé une ambulance et passé une nuit blanche à l'hôpital, à calmer Charles qui répétait comme un mantra:

---

3 Set-up: terme utilisé par les D.J. pour l'ensemble de l'équipement nécessaire à la disco-mobile.

— Faut pas qu'ma mère le sache! Faut pas qu'ma mère le sache!

Au petit matin, la blonde était hors de danger et Simon avait ramené son ami chez lui, en affirmant à sa mère qu'ils avaient travaillé un peu trop tard. Épuisé et las des comportements irresponsables de son ami, le jeune homme a pensé qu'il devait s'éloigner un peu, essayer de s'éclaircir les idées à propos de son avenir.

* * *

Le garçon avait entamé son expédition avec plusieurs heures de retard, tant il avait eu du mal à s'endormir. Nerveux, se sentant coupable parce qu'il avait laissé Charles dans l'ignorance de son projet, Simon appréciait l'offre de son frère, mais la redoutait également. Cette belle Civic valait tout de même un peu plus de six mille dollars! Dans le coffre, il avait jeté pêle-mêle une petite tente de location, un sac de couchage tout neuf, un sac à dos contenant le strict minimum, ainsi qu'une petite glacière dans laquelle les bouteilles de bière laissaient peu de place à la nourriture solide. Sur le siège du passager trônait une pyramide hasardeuse de cassettes de différents genres musicaux confondus; il en choisissait une à l'aveuglette toutes les trente minutes et s'époumonait au volant de sa voiture.

Oh, I love to loooove
But my baby just loves to dance
He wants to dance, he loves to dance, he's got to dance
Oh, I love to love
But my baby just loves to dance...

Il avait patiemment enregistré des heures et des heures de pièces musicales entrecoupées de quatre secondes de silence. En les écoutant ainsi en rafale, il s'efforçait de se faire une idée de l'atmosphère qui s'en dégageait et associait le contenu à un genre précis de soirée.

Il avait roulé sous un ciel radieux jusqu'à Québec, où les nuages avaient commencé à s'amonceler. À Cap-Persévérance, il s'était arrêté au casse-croûte Chez Mimi. Entre deux bouchées de guedille au poulet, il avait demandé quel était l'endroit propice pour planter sa tente, car manifestement, le jour déclinait trop rapidement pour espérer dormir à Baie-Saint-Hugues. Un camionneur s'apprêtant à sortir lui avait lancé:

— Drette en haut d'la côte, y a beaucoup d'jeunes qui vont là. C'est cru à c'temps icitte par exemple!

À la brunante, Simon avait réussi à se garer tant bien que mal sur un sol sablonneux. En sortant de sa voiture, il avait entendu des rires, des murmures... Armé d'une petite lampe de poche, il avait marché un peu et avait aperçu deux filles penchées sur un petit feu de camp.

— *Hello! Want some marshmallows?*

Elles agitaient de minces branches ornées de guimauves grillées à l'odeur invitante. Simon avait été convié, sans plus de cérémonie, à partager la gourmandise de Josey et de Wendy, deux Ontariennes très affectueuses l'une envers l'autre. Pour ne pas être en reste, Simon était retourné à la voiture et en était revenu avec la glacière. La bière aidant, il s'était débrouillé de mieux en mieux en anglais!

À la dérobée, le rouquin ne pouvait s'empêcher de détailler Josey, qui lui semblait être le sosie de Brigitte Lahaie, la célèbre vedette du porno, dont les seins larges l'avaient fait souvent rêver. Mêmes sourcils carrés, même petite bouche rose... Mais l'ample poncho de laine dans lequel elle s'était enroulée ne lui permettait pas de se faire une idée du reste. De son côté, Wendy semblait nettement plus mince. Elle frissonnait visiblement malgré les deux chandails de laine qu'elle portait et enroulait ses boucles brunes autour de son index en parlant. Simon avait jusqu'alors pensé que les lesbiennes avaient toutes l'air de *chauffeuses de truck*. Ce préjugé venait de voler en éclats! L'atmosphère était chargée d'électricité. Le désir qui émanait de ces deux femmes le troublait beaucoup. Il avait vu certains hommes se prendre la main dans le centre-ville de Montréal, mais les femmes pouvaient vivre avec une colocataire pendant des années sans que personne s'en mêle.

La Molson était bien bonne, mais n'arrivait pas à réchauffer le garçon, pour qui l'expression «c'est cru» prenait maintenant tout son sens. L'humidité et le froid s'insinuaient un peu trop sous sa veste de denim. Le tonnerre avait roulé au loin et Simon avait bondi soudainement sur ses pieds. Sa tente n'était toujours pas montée! Il avait couru vers la voiture et en avait allumé les phares; il avait ouvert le coffre arrière et en avait empilé pêle-mêle le contenu devant le halo de lumière. Les filles, enlacées dans une grande couverture pour se réchauffer, s'étaient approchées en sautillant comme un tapis à quatre pieds.

— *Poor boy! You need some help!*

Simon avait rougi. Son inexpérience sautait aux yeux. Courageusement, Josey et Wendy avaient laissé choir la couverture et empoigné les piquets. Simon s'activait de son mieux, les filles s'amusant à compter à haute voix les secondes qui séparaient les éclairs des grondements menaçants. La pluie soudaine avait fait naître des cris aigus de protestation et elles avaient détalé vers leur abri.

— *Sorry, Simon! Good night! Don't forget to…*

Un coup de tonnerre assourdissant avait englouti la fin

de la phrase. Simon s'était engouffré vivement dans sa tente et avait déroulé son sac de couchage. Il avait mis sous sa tête son coton ouaté et sa veste de jeans, puis s'était allongé tout habillé, l'esprit embrumé d'alcool et d'images érotiques.

Tout d'abord, il avait cru qu'il rêvait. Le supplice de la goutte d'eau? Sur son front s'écrasaient des gouttes. Puis, il avait senti une insupportable envie d'uriner en entendant un clapotis qui lui semblait beaucoup trop près… Il pleuvait *dans* la tente! Il dormait *dans* l'eau! En plein cauchemar, Simon s'était extirpé de sa gangue de duvet détrempée, était sorti de la tente comme s'il avait eu le diable à ses trousses et avait couru se réfugier dans la voiture où il avait dû se dévêtir entièrement. Une mince couverture de lainage grise et rugueuse recouvrait le plancher du coffre arrière et le garçon s'en était emparé pour tenter de se réchauffer. Il n'avait pas osé démarrer sa voiture, de peur de réveiller les Ontariennes. Peu à peu, l'orage s'était éloigné et Simon avait somnolé par intermittence.

Au petit matin, des exclamations de voix et des visages écrasés dans les vitres latérales l'avaient réveillé en sursaut; il avait dormi d'un très mauvais sommeil. Ses voisines semblaient partagées entre le fou rire et la compassion. Simon venait d'apprendre à la dure qu'une tente se devait d'avoir un double toit; il s'agissait du grand panneau qui était resté au fond du sac du magasin de location. Josey lui avait fait signe.

— *Come on, Simon, let's see if we can find you some clothes.*

Honteux, le rouquin les avait accompagnées dans leur tente où régnait déjà une douce chaleur, puisqu'elle était éclairée par le soleil levant. Wendy, agenouillée, lui avait tendu avec un sourire goguenard une petite culotte jaune et un large chandail vert fluo à manches chauve-souris. Elle avait fait ce geste avec tant de naturel que Simon en avait conclu qu'après tout, se dévêtir devant des lesbiennes ne portait pas plus à conséquence que se mettre nu devant son frère. Lorsqu'il avait laissé tomber sa couverture en tentant de prendre un air dégagé, Wendy était restée bouche bée. Josey avait fort bien perçu le trouble qui assaillait sa copine, qui s'accommodait des deux sexes. Elle s'était faufilée derrière elle et lui avait entouré la taille de ses bras. Simon s'était aperçu que les mains de Josey montaient le long du torse de son amante, sous son chandail, et il avait vu ce dernier se soulever considérablement sous la poigne ferme de la jolie blonde. Le jeune homme était resté dans l'expectative. Allait-il avoir droit à un spectacle ou lui serait-il permis de participer? Des picotements avaient envahi son bas-ventre. Instinctivement, Simon avait redressé les épaules. Wendy avait déposé les vêtements sur le sac de couchage. Elle écartait les genoux au fur et à mesure que Josey pinçait ses mamelons et lui mordillait le lobe de l'oreille. Elles se murmuraient des paroles amoureuses, une sorte de consentement. Simon se demandait s'il ne rêvait pas!

Une humidité suffocante s'immisçait dans la tente, car le soleil perçait de plus en plus les branches d'arbres. Josey avait été la première à retirer son chandail et avait tiré sur les rebords de celui de Wendy pour la dénuder. Toutes deux avaient de magnifiques seins; ceux de Josey étaient larges et pleins, tels que Simon les avait imaginés, et ceux de Wendy étaient plus ronds, en forme de poire d'Anjou. Il avait senti des élancements dans son entrecuisse.

Elles s'étaient tournées l'une vers l'autre et, tout en s'embrassant goulûment, avaient déboutonné mutuellement leur short, qu'elles avaient ensuite enlevé, en même temps que leur culotte. Josey avait une solide charpente, une taille étroite et des hanches larges. De dos, Wendy ressemblait à un guépard, osseuse, à la musculature nerveuse. Elle s'était retournée, avait tendu la main vers le pénis du jeune homme, lequel n'arrivait pas encore à comprendre exactement ce qu'on attendait de lui, même si son instinct commençait à lui souffler une réponse. Du bout du pouce, elle avait cueilli les premières gouttes de plaisir qui s'y trouvaient déjà et, par des mouvements circulaires, en avait enduit toute la surface du gland, tout en se léchant les lèvres d'une manière perverse. Elle avait resserré ses doigts autour du membre dur et avait entrepris un lent mouvement de masturbation, plein de volupté. Le rouquin, obnubilé par la situation, n'osait faire un geste et en avait conclu qu'il jouerait le rôle d'objet de plaisir. Il avait vu Josey étirer le bras et extraire de son sac à dos un joli godemiché de bois exotique, avec des éléphants miniatures joliment sculptés sur toute sa longueur.

— Mmm... *Katmandou!*

Les filles avaient gloussé de complicité. Josey avait enduit le phallus artificiel de glaire en le passant à quelques reprises dans sa fente, puis s'était allongée près de sa partenaire, formant ainsi une croix de chair nue. Wendy s'était désintéressée du pénis de Simon et, lui tournant le dos, avait saisi le joujou inerte et avait commencé à l'insérer dans la vulve mouillée de sa compagne. Elle s'était penchée pour agrémenter cette pénétration de petits coups de langue sur le clitoris de sa copine. Simon avait, à portée de ses hanches, le fessier bien arqué de la belle brune, dont le sillon plongeait dans un petit bosquet noir. Il avait aussitôt compris que les soupirs de volupté qu'il entendait l'autorisaient de façon implicite à participer. Ses mains avaient épousé les fesses bien rondes de Wendy, ses doigts en avaient apprécié la douceur musclée. Il avait débuté par l'extérieur, puis les avait pétries dans l'autre sens, ses doigts s'enfonçant dans la ligne courbe. Il avait étiré ses pouces vers le bas et il avait l'impression de caresser une pêche bien mûre. Il s'était accroupi pour se régaler de ce fruit moelleux qui avait juté si divinement sur sa langue. Wendy avait cambré davantage les reins pour les plaquer contre la bouche de Simon et avait accéléré le mouvement du godemiché. Josey avait fermé les yeux, son bassin remuait dans une danse lubrique. Simon avait saisi les hanches étroites et sans faillir, son pénis s'était enfoncé dans la vulve excitée de Wendy. À grands cris, elle s'était mise à en réclamer encore plus: *«more, more!»* répétait-elle. Elle voulait que Simon y aille plus fort et plus profond. Excité par le floc-floc que produisait chaque coup de butoir, Simon s'efforçait de garder les yeux ouverts pour ne rien rater de Josey qui dansait si bien sous les assauts habiles de Wendy. Il reluquait cette petite bouche rose, semblable à celle qu'il avait trouvée si habile dans les films pornographiques qu'il avait vus, et cette belle poitrine qui tressautait au même rythme que sa propre cadence. Agrippé au corps de Wendy, il aurait voulu posséder plusieurs mains pour la pétrir en entier! Son pénis était rudement bien échauffé par cette vulve endiablée, ce qui ne l'empêchait pas d'imaginer que la jolie bouche de l'une des filles suçait son gland bien gorgé! Ses fesses s'étaient contractées. La jouissance les avait assaillis tous les trois avec un léger décalage qui avait engendré un charmant concert d'onomatopées, de cris et de soupirs.

La chaleur emmagasinée dans la tente menaçait de leur donner des étourdissements. Aussi les trois complices avaient-ils été soulagés de constater que dehors, le soleil brillait, mais que le fond de l'air était frais. Ils avaient entrepris le démantèlement de la tente de Simon et les branches d'arbres avaient bientôt accueilli les vêtements et l'équipement à sécher. Les filles avaient partagé leurs provisions et le garçon s'était régalé de gruau déshydraté et de pommes McIntosh. Il se sentait d'une humeur à toute épreuve! Quoi de mieux qu'une bonne baise pour commencer la journée! Voyant le temps filer, il avait remis ses vêtements fripés et avait quitté à regret ces bacchantes qui venaient d'anéantir la réputation de froideur des Ontariennes.

* * *

Baie-Saint-Hugues, enfin.
C'est vrai, c'est ma mère qui m'avait suggéré ce village. Tant qu'à aller au hasard dans Charlevoix, aussi bien me rendre dans le village natal de mon grand-père. Tiens, je pourrais faire ça tout à l'heure, aller à la recherche de mes racines... Mon premier arrêt ici a quand même été pas mal bref...

Se remémorant ce premier contact avec la faune locale, Simon sourit en prenant une gorgée. Le café est tiède, mais le soleil est bon sur la véranda du gîte!

Le Chalutier était désert en ce milieu d'après-midi. Poussé par la faim, Simon avait espéré pouvoir casser la croûte. Le gruau du matin était déjà loin! Un homme costaud était sorti des cuisines en s'essuyant les mains sur son tablier et l'avait simplement informé, d'un ton bourru, qu'il préparait le souper et qu'il lui faudrait repasser vers les cinq heures et demie. Son accent européen jurait dans le décor pittoresque. L'estomac dans les talons, Simon avait insisté.

— Écoute jeunot, je peux te suggérer le resto-bar Chez Gilles, à Sainte-Émilie. C'est à dix minutes, vers là-bas. Ils servent des petits sandwichs et des ailes de poulet toute la journée, et puis la bière est bonne. Dis donc, t'es majeur au moins?

Cet homme lui avait aussi conseillé le gîte Sous la couette, où la gentille propriétaire avait immédiatement accepté qu'il étende tout son attirail un peu partout dans la chambre et sur sa corde à linge avant de mettre le cap vers Sainte-Émilie.

Diane Tanguay, derrière son comptoir, rendait la monnaie à un habitué, lorsqu'elle avait aperçu du coin de l'œil ce charmant rouquin passer la porte. Machinalement, elle avait replacé les épaulettes de son chemisier blanc et tapoté sa coiffure crêpée, engluée de laque. Micheline, l'autre serveuse, était allée lui porter un verre d'eau et un menu.

— J'prendrais une assiette d'ailes de poulet et une Molson, s'il vous plaît.

— Icitte, on se bâdre pas avec ça. C'est d'la O'Keefe pour tout l'monde.

Sans attendre de réponse, elle avait tourné les talons en roulant des yeux désabusés. Jusque-là, Simon n'avait pas remarqué la décoration. Des fanions des Nordiques de Québec pendaient des poutres et une photo dédicacée de Michel Bergeron trônait au-dessus de la caisse. Accrochée au-dessus de la porte de la cuisine, une affichette proclamait: *La O'Keefe, bière officielle des Nordiques!*

Le «CH» tatoué sur le cœur, Simon avait cherché des yeux la serveuse pour commander autre chose. Un Coke aurait fait l'affaire mais une énorme affiche tricolore Pepsi, près des toilettes, lui avait indiqué les préférences de la région!

Diane s'avançait déjà, l'air professionnel, la main tendue.

— Diane Tanguay, je suis la gérante. J'pense pas vous avoir déjà vu ici… Je m'excuse d'avoir à vous poser la question, mais… vous êtes majeur?

Avec aplomb, Simon l'avait regardée droit dans les yeux en relevant le menton.

— J'ai dix-neuf ans et n'allez pas me dire vous aussi que j'ai une *baby face*! Voulez-vous voir mes cartes?

Diane Tanguay avait éclaté de rire, et comme s'il s'agissait d'une approbation implicite, Micheline avait décapsulé une bouteille de bière. Les mains bien à plat sur la table, l'air avenant, la gérante s'était penchée juste assez pour que Simon puisse apercevoir la dentelle écrue qui flirtait effrontément avec le renflement de sa poitrine généreuse. Cette vision avait provoqué quelques ratés dans son rythme cardiaque et un léger rosissement sur ses joues. Il était plutôt familier avec les poitrines juvéniles; les bonnets débordants de cette femme et ses hanches solides avaient fait naître en lui des images coquines et il craignait d'être trahi par elles.

En quelques questions habiles, la grande brune avait confirmé son idée initiale. Le gonflement qui modifiait l'ourlet du chandail recouvrant la braguette du jeune homme lui confirmait qu'elle était peut-être tombée sur un bon prospect. Elle était retournée à la caisse en accentuant son déhanchement, puis avait proprement ignoré Simon. Une heure plus tard, il s'était dirigé vers elle pour régler l'addition; elle avait griffonné quelque chose au dos de la facture, l'avait repliée et l'avait fait glisser vers lui sur le comptoir en disant simplement: «Cadeau de la maison.» Interloqué, il avait attendu d'être dans sa voiture pour déplier le bout de papier.

Un téléphone qui vaut 100$: 444-4444.

Simon n'avait pas osé retourner à Baie-Saint-Hugues et se demandait s'il devait téléphoner ou non. Dans les rues de Sainte-Émilie, il avait pris machinalement quelques clichés ici et là; il était préoccupé. Il n'arrivait pas à saisir le sens exact de ce petit message. Bien sûr, lorsqu'il officiait aux tables tournantes, il lui arrivait parfois d'être l'objet de regards lourds de sous-entendus, mais la plupart du temps, Charles et lui se contentaient d'en rigoler à la fin de la soirée. Quel crédit accorder à la tante du marié qui, réchauffée de cinq ou six verres de gin tonic, essaie de rendre *sexy La danse des canards*? Quel imprudent céderait aux avances de quelques cousines qui rigolent toute la soirée dans un coin et qui ont toutes imprimées dans le front le mot *pari* lorsqu'elles se décident à battre des cils en regardant le maître de cérémonie?

Cette gérante le désarçonnait, car elle soufflait à la fois le chaud et le froid. Qu'elles étaient ses intentions réelles?

En marchant ainsi sans but, il était arrivé face au fleuve. En ce début de juin, la plage municipale était quasi déserte. Aucun touriste ne se disputait une place de stationnement, aucune famille ne squattait le moindre centimètre de sable. Le vent faisait claquer les vagues sur les rochers saillants, amoncelés du côté droit de la plage. La facture sur laquelle Diane avait noté son numéro de téléphone était toujours au fond de sa poche, un peu plus froissée. Simon contemplait en vain l'immensité du fleuve, dans l'espoir d'y trouver un peu de paix intérieure. Qu'il songe à Charles, ou à son propre avenir, ou même à son soudain succès auprès des filles, il sentait toujours qu'il lui manquait des pièces du puzzle, comme s'il s'agissait d'un casse-tête trouvé dans un marché aux puces. Le village de Sainte-Émilie était réputé pour sa papeterie artisanale, mais l'établissement n'était pas encore ouvert au public. Il s'était finalement rendu au musée Beauchemin, où les peintres locaux exposaient leurs premières toiles de la saison. Mais pour le jeune homme, cette succession de paysages bucoliques et de petites maisons n'était d'aucun intérêt. Désœuvré, le pas traînant, Simon avait bifurqué vers une sortie de secours et avait glissé une pièce de monnaie dans la fente du premier téléphone public.

* * *

Diane Tanguay se maudissait de sa nervosité. Pourtant, il n'y a pas si longtemps, elle avait une confiance absolue en ses antennes! Les fréquents coups d'œil vers l'horloge O'Keefe n'échappaient pas à son amie Micheline.

— Y va appeler, t'en fais pas. J'ai un bon *feeling* moi aussi.

Diane avait lancé un regard reconnaissant à la serveuse.

— C'qui est dur, dans notre métier, c'est de tuer l'temps. Mon doux que c'est long quand y a pas un chat!

Micheline avait opiné du bonnet.

«Mais aujourd'hui, j'ai été ben inspirée de mettre ma belle brassière neuve! Quand j'ai vu arriver c'te beau p'tit gars encore dans ses rondeurs d'adolescence, avec sa belle baboune, ses yeux d'biche pis sa tignasse rouge! Je l'attendais pas si d'bonne heure, notre Casanova de c't'année!

C'est quand j'ai vu tes yeux, tu croyais pas certain qu'y avait dix-neuf ans. Moi, j'pense ben qu'oui. Y a d'quoi dans les yeux. Pis dans les bobettes aussi! J'ai hâte de voir si j'me suis pas trompée… Eh! que l'temps passe pas!»

La sonnerie du téléphone les avait fait sursauter toutes les deux.

— Chez Gilles, bonjour?

— C'est Simon.

Diane Tanguay avait esquissé un sourire de panthère.

— J'quitte à minuit. Tu suivras mon auto, une p'tite Colt orange *parkée* en arrière.

Micheline avait levé le pouce.

— Hein, ma vieille, tu l'as encore! J'pense que j'vas me mettre sur la liste! Si y est doué, on va avoir frappé l'jackpot… À condition que tu trouves le moyen de le retenir par icitte. Y doit ben avoir de quoi qu'y voudrait assez avoir pour faire du *cash* icitte tout l'été!

Simon était resté ébahi, le combiné dans la main, incertain de bien comprendre la teneur de cette brève conversation. Outre ses premières tentatives exploratoires avec Sylvie, il avait peloté avec ravissement les douces clémentines de Christiane dans un placard et embrassé à pleine bouche Linda, une madone à la langue infernale. Il avait laissé Manon pratiquer son art de la fellation non sans douleur, car dans son enthousiasme, elle avait tendance à oublier qu'elle avait des dents. Enfin, il avait effrontément saoulé Rachelle la timide, qui s'était déchaînée au moment où il avait glissé en elle, et ses ongles vernis lui avait laissé le dos d'un supplicié.

Réfléchissant à ses expériences juvéniles, le jeune homme se considérait comment étant plutôt débutant.

Diane Tanguay, c'est les ligues majeures!

Finalement, son frère avait peut-être raison lorsqu'il lui affirmait qu'il pognait avec les femmes. Dans les discothèques, les jeunes filles flirtaient sournoisement, se détournant aussitôt que les garçons les regardaient. Et les gars, redoutant un refus, s'enfilaient stoïquement plusieurs bières avant d'oser s'avancer vers elles. Mais les vraies femmes, plus matures, soutenaient le regard des jeunes hommes, et parfois, d'un battement de cils, entrouvraient une porte sur le paradis. Jonathan avait souvent aperçu cette lueur non équivoque dans les yeux des femmes qui regardaient son frère, mais ce dernier lui assurait que c'était Charles qui les faisait fantasmer avec ses longs cheveux blonds et son corps élancé!

* * *

Simon avait garé sa voiture, dès onze heures quarante-cinq, près de la Colt. Mille fois avait-il pensé repartir à Baie-Saint-Hugues, mille fois il s'était ravisé. Il n'avait tout de même pas erré toute la journée dans Sainte-Émilie pour se dégonfler si près de… de quoi exactement? La porte arrière du restaurant s'était ouverte à l'heure dite. Diane Tanguay était apparue dans la lumière. Tout de suite, elle avait pensé: *Good! Y est curieux, audacieux et ponctuel. Bons points!*

Sans jeter un regard dans sa direction, la femme avait démarré son véhicule et Simon s'était engagé à sa suite, en maintenant une distance respectueuse. Il avait soudainement réalisé qu'ils revenaient à Baie-Saint-Hugues! La Colt avait ralenti, la Civic s'était arrêtée juste à côté.

— Laisse ton char ici, pis viens me r'joindre dans quinze minutes. La maison blanche et verte au coin d'la rue.

Diane ressentait des palpitations cardiaques, ce qui la

déstabilisait. Elle avait essayé de se raisonner.

Reprends-toi, ma Diane! Tu ramollis! Ouf! Y est beau comme un cœur! D'un coup il me trouve trop vieille et qu'y arrive pas à bander? Ah! pis depuis quand un gars ferait patate avec toi, han? T'es la meilleure! Envoye! Quinze minutes pour te démaquiller, te doucher et te raser les aines, c'est en masse! Faut pas le laisser mariner trop longtemps!

Tétanisé, Simon avait sagement exécuté les ordres que Diane lui avait donnés, trompant son ennui en tentant de syntoniser un poste de radio. Un bingo en langue montagnaise l'avait captivé un moment.

Devant la porte d'entrée, il s'était demandé s'il devait sonner, frapper ou entrer, tout simplement. Diane Tanguay avait ouvert rapidement et l'avait agrippé par le bras.

— Rentre vite! N'attends jamais que quelqu'un te voie!

Le garçon avait immédiatement capté l'odeur fraîche qui émanait de la femme; elle avait les cheveux défaits et humides, et le long peignoir satiné pourpre qui l'habillait était retenu par une ceinture nouée à la hâte. Il avait pensé qu'une fois le maquillage et le *spray net* enlevés, cette femme avait rajeuni de dix ans! La mystérieuse gérante lui avait saisi la main droite et y avait déposé des billets de banque avant de replier ses doigts dessus.

— Cache ça, on n'en parle plus!

Perdu dans ses souvenirs récents, Simon s'enroule un peu plus étroitement dans la couverture prêtée par sa logeuse, et discrètement, il pose ses mains en coupe sur la braguette de son jeans, qui gonfle lentement, mais sûrement.

Le vent qui siffle doucement lui rappelle le tissu soyeux

qui glissait sur la belle peau mate de Diane, le nylon lustré qui se tendait hier encore à la hauteur de ses mamelons prompts à réagir. Diane Tanguay s'était éloignée, était revenue, avait tourné sur elle-même en plaquant ses mains sur ses cuisses, et elle lui avait tendu le bout de sa ceinture. Simon l'avait regardée comme si elle était la reine de Saba, sans se douter qu'il passait une sorte d'entrevue. Cette femme venait de lui filer des billets neufs et lui offrait maintenant la Danse des sept voiles! Il n'en croyait pas sa chance! Diane murmura:

— Viens, mon beau, montre-moi c'que t'as entre les jambes, fais-moi voir des étoiles!

Simon n'avait pas l'habitude des femmes aussi directes! Il se sentait un peu paralysé, comme envoûté par les mouvements ondoyants de son hôtesse. Elle reculait dans le couloir en tournoyant, pieds nus sur le plancher de bois. Elle était entrée dans la chambre sur la gauche. Offusquée de voir arriver un étranger, Moussette avait miaulé et s'était sauvée en direction du salon. Un foulard rose diaphane tamisait la lumière de la table de chevet. Coquine, Diane avait fait glisser le peignoir sur ses épaules, dévoilant un grain de beauté sur celle de droite. Elle dansait toujours au ralenti, envoûtante, enjôleuse; une cuisse apparaissait fugitivement. De dos, ses mains lissaient le tissu pour épouser l'arrondi du fessier. De face, ses doigts écartaient l'échancrure pourprée pour magnifier le creux appétissant de ses seins insolents. Assez! Assez de ce supplice de Tantale! Simon s'était soudainement rué sur cette ensorceleuse, l'étalant sur le lit.

— Enfin! Tu t'décides, mon beau!

Les hormones du jeune rouquin s'entrechoquaient; un millier d'images pornographiques se superposaient à toute vitesse dans son esprit, une faim de sexe l'assaillait, comme s'il en avait été privé depuis plusieurs mois. Diane l'exhortait encore plus à prendre des initiatives, fouettant son ardeur grâce à des encouragements crus.

— Ton linge r'vole vite, là, hein, mon p'tit coquin? Ah oui, ouvre-les, mes jambes, envoye! Ouvre-les ben grandes, chus déjà toute trempe!

Une fente longue et charnue se devinait entre les poils pubiens de sa partenaire, à la jonction de ses aines lisses. Un vrai corps de femme, nu, juste pour lui, Simon Bouchard! Ces seins mûrs, étalés et tremblants! Ces hanches fortes! Il en aurait plein les mains! Plein la bouche! Pour une fois, il avait du temps! La fougue! La trique du siècle! Les yeux admiratifs de Diane se posant sur son pénis raidi! Son sifflement vulgaire! Le rouquin s'enflammait!

— Ah! mais t'es encore mieux que j'pensais! T'es-tu vu la mailloche? C'te belle queue presque violette, sur l'bord d'exploser! Piquée dans c'te broussaille couleur de feu! Ah! C'est de toute beauté! Envoye, mange-moi donc toute crue! Ta peau est si douce! T'as l'air d'un gros chat roux! C'est pour ça que Moussette est jalouse! Un nouveau matou dans place! Ah! Oui! Oui! R'garde, moi aussi j'ai une belle chatte qui t'attend, fais-la ronronner! Qu'est-ce t'attends? Envoye! Rentre-moi d'dans!

Toutes ces invites à la débauche avaient eu raison des craintes de Simon. Elle voulait de l'action, elle allait être servie! Il allait la pilonner! Oh que oui, elle allait crier! Agenouillé entre les cuisses de la femme, il avait posé les pouces de chaque côté de ses lèvres grenat et les avait dépliées. Le papillon sombre avait palpité, un mince filet luisant s'était frayé un chemin jusqu'au matelas. En grognant d'impatience, Diane avait empoigné les fesses dodues de Simon et les avaient poussées vers elle. Le chemin était tout tracé, le pénis s'était engouffré jusqu'à la garde dans l'ouverture humide. La femme s'était mise à haleter.

— Ah! oui! Enfin! C'est bon, tu m'remplis bien, mon beau! Même que tu m'fais trop mouiller! Tu sentiras pus rien! Mais… mais non! Non! Viens pas tu-suite! Fais-moi pas ça!

Affolé, Simon avait senti ses couilles se rétracter et s'était retiré brusquement, espérant retarder son éjaculation. Il s'était répandu à grands coups nerveux sur le ventre de son hôtesse. Elle lui avait caressé les épaules et les cheveux sans relâche, jusqu'à ce qu'il s'éclaircisse la voix.

— C'est un peu vite comme entrée en matière, mais ton tour s'en vient.

Diane, restée sur sa faim, s'apprêtait quasiment à le rayer de sa liste de prospects, mais ces mots l'avaient incitée à lui donner une seconde chance.

— P'tit maudit! J'ai pas envie trop trop d'rester en plan, excitée d'même! Après avoir eu un beau *body* d'même dans les mains, mon vibrateur ferait pitié en titi!

Avisant une superbe psyché dans un coin de la chambre, Simon avait pris la main de Diane et l'avait aidée à se relever. Elle avait utilisé un pan de son peignoir froissé pour lui assécher le pénis et essuyer son ventre, puis l'avait laissé tomber sur le sol.

— Tu es tellement belle! Regarde ce que j'ai vu et ce qui m'a fait perdre la tête!

Pendant que la brunette admirait son reflet, Simon avait tiré un banc qui était posé au pied du lit, s'y était assis en écartant les jambes et avait incité Diane à s'asseoir devant lui. Dans le cerveau de Simon, les idées s'étaient remises à bouillonner. Conscient qu'elle l'avait payé pour avoir du plaisir, il cherchait un moyen, un truc, qui allait lui faire perdre carrément la raison. En cogitant, il lui avait flatté l'intérieur des cuisses en murmurant toutes sortes de jolies choses à son oreille.

— Ouvre les jambes encore! Ouvre-les pour moi, regarde ce qui m'a tant excité! Regarde ce beau sexe-là! Comment un homme pourrait te résister? Tu sens-tu que tu me fais encore bander?

— Oh, mais c'est que tu parles bien, mon p'tit torrieux! Ah ces jeunes-là! Ça bande à rien! Tu viens d'jouir, pis t'es déjà d'attaque! Ah... T'es pas mal habile, j'te donne ça! Ah oui! Continue de m'flatter d'même... Monte un peu les mains! Ah...tu m'rallumes les sens! À cent milles à l'heure, à part d'ça!

Dans le miroir, Diane voyait une femme alanguie, les bras ballants de chaque côté du corps, de belles cuisses picotées, et une poitrine généreuse qui se soulevait à chaque respiration. Son amant lui donnait des baisers dans le dos et elle en frémissait. Elle avait vu renaître le désir en elle par le gonflement de son sexe, exposé de plus en plus à mesure que les mains diaboliques du jeune homme écartaient ses cuisses; elle avait senti son bassin basculer instinctivement vers le haut. Jamais elle ne s'était vue ainsi: belle, sensuelle, sexuelle! Elle sentait la dureté du pénis qui reprenait vie, collé sur son coccyx! Elle se sentait observée par les yeux bleu pâle de Simon, derrière son épaule, et elle avait envie de le provoquer davantage!

— J'vas exploser si tu m'touches! Ça n'a pas d'bon sens d'être excitée d'même! Oh! oui! Oh! oui! Approche tes doigts! Pogne-moi à pleines mains! Vite!

Simon, le torse appuyé contre le dos de sa maîtresse,

s'était efforcé d'emmagasiner le maximum de signaux. Diane s'était mise à trembler comme une feuille, elle avait rejeté la tête en arrière et cherchait sans cesse à l'embrasser. Lorsqu'il avait rapproché ses mains de la jonction de ses cuisses, elle s'était mise à bouger davantage. Soudain, il lui avait ordonné:

— Touche-toi! Oui! Montre-moi comment tu te fais plaisir! Allez, fais-le pour moi! Regarde dans le miroir! Regarde comme ton sexe est beau, on dirait qu'il vibre! Fais-le palpiter pour moi!

La voix l'avait exhortée, encouragée, et suppliée de s'exécuter. Ses mains avaient caressé son ventre, remontant vers ses seins, dont la pointe espérait qu'on les pince, qu'on les malmène, qu'on les mordille! Chaque fois que la femme avait fermé les yeux, la voix de plus en plus haletante l'en avait empêchée.

— Non! Non! Regarde-toi, regarde comme tu es belle! Caresse-toi, touche ton bouton, joue avec, il en a très envie! Regarde-le! Il veut sortir de sa cachette! Ton clito! Il bande! Caresse tes beaux seins! Montre-moi comment tu les traites! Montre-moi comment tu jouis!

Le rouquin s'étonnait lui-même de sa verve, il avait l'impression qu'un autre parlait à sa place, débitant une litanie de mots excitants et de phrases lubriques. Il en mesurait les effets immédiats sur cette femme qui s'abandonnait de plus en plus!

Diane, toute entière tournée vers son plaisir, était devenue incapable de rationaliser son désir. Le pénis durcissait encore plus au creux de ses reins, à la naissance de ses fesses, des mains solides maintenaient ses hanches, un souffle chaud chatouillait sa nuque. Vaincue, elle avait pressé de la main gauche la cuisse ferme du garçon. Immiscés d'urgence dans son antre, son index et son majeur droits en étaient ressortis gluants. Les repliant, elle avait emprisonné la base de son clitoris raidi entre ses phalanges. Un véritable pénis miniature qu'une infime pression faisait durcir encore plus. Une frénésie bestiale s'était emparée d'elle. Ce n'étaient plus seulement des doigts qu'elle voulait ressentir là! Elle aurait voulu qu'il y ait trois, même quatre Simon pour la torturer davantage, pour prendre d'assaut ses seins avides, pour élargir son sexe et forcer son anus, pour embrasser sa bouche, pour lui empoigner les cheveux.

Diane s'était levée en se retournant si brusquement que le petit banc avait basculé et Simon était tombé sur le dos. Elle avait écarté le siège et s'était agenouillée sur le plancher, à la hauteur de la tête du garçon, lui démontrant clairement son besoin. Le garçon avait saisi les fesses de sa partenaire, il avait tiré la langue et l'avait laissée se frayer un chemin dans les replis du sexe qui s'épanouissait sous son nez. Il l'avait léchée avec ardeur, dardant le bout pointu et mouillé dans le trou d'amour. Il avait joué le long de ses lèvres, les grandes, les petites, il les emprisonnait entre ses lèvres à lui, puis revenait s'abreuver à la source abondante, légèrement amère, et oh! combien excitante, qui suintait de cette caverne secrète. Son pénis abandonné et douloureux oscillait sur sa base comme dans une supplique muette.

Les yeux fermés, concentré sur tout le plaisir qu'il désirait procurer à cette femme, il avait écarté le sexe de Diane en le malaxant. L'air s'y était frayé un chemin. Lorsque Simon avait effleuré de sa langue et de ses doigts la petite rosette plissée, la femme avait reconnu l'appel d'une envie qu'elle avait pourtant toujours repoussée. Elle s'était caressé les seins pendant qu'il la mangeait si bien et avait maintenant la certitude que, malgré ce qu'elle pouvait en croire, son anus se lubrifiait! En une fraction de seconde, ce qui lui restait de raison s'était évanoui!

De la tête de Simon, Diane avait reculé, toujours accroupie, jusqu'au niveau de la verge turgescente. Le garçon, complètement obnubilé par sa propre excitation, bafouillait sans cesse qu'elle était belle, qu'elle était douce, qu'il avait envie d'elle. Il avait ouvert les yeux pour la voir empoigner son pénis et s'enligner résolument au-dessus. Lorsqu'elle avait senti le gland buter sur son anus, elle avait appuyé bien fort en maintenant ses fesses écartées et s'était assise presque complètement sur lui: son membre était entré avec une facilité inattendue. Soudain prisonnier de cette gangue étroite et chaude, Simon regardait la vulve orpheline qui montait et descendait. Il y avait plongé un doigt, puis deux, puis trois, les agitant dans tous les sens, comme pour en dilater davantage les parois. La femme gémissait de plus en plus fort, son amant la masturbait frénétiquement. Elle prenait appui sur le montant du lit et ses cuisses, comme des pistons implacables, gardaient le rythme et la maintenaient en équilibre à quelques centimètres du pubis roux de Simon. Lorsque le jeune homme avait soudain eu l'idée de mouiller les doigts de sa main libre pour s'en prendre au clitoris délaissé, la mécanique s'était détraquée en quelques secondes. Un liquide chaud avait jailli sur ses doigts et les fesses s'étaient écrasées brutalement sur lui, le rectum bien souple accueillant pleinement, dans l'extase, son membre au bord de l'explosion. Il s'était redressé à demi, avait solidement enlacé le corps luisant de sueur de Diane et s'était laissé emporter dans la jouissance comme une coque de noix sur une rivière bouillonnante.

* * *

Un touriste américain surgit sur la galerie en lançant d'une voix sonore:

— *Hi, guy! I'm Frank! How are you?*

Extrêmement contrarié d'avoir été ainsi tiré de sa rêverie érotique, Simon marmonne un «*Hi*» bourru et se lève d'un bond pour retourner à sa chambre. Il a grandement besoin de changer de slip. Madame Saint-Onge le croise dans l'escalier et l'embarras de son client ne lui échappe pas.

— Tout va comme vous voulez? Dites-moi, qu'avez-vous fait de votre voiture? Vous savez, vous pouvez la garer n'importe où, devant la maison ou sur le côté, il y a de la place!

— Vu l'heure tardive, je euh… je ne voulais pas réveiller tout le quartier. J'ai laissé l'auto pas loin de la plage.

Il rougit et s'enfuit comme un cabri. Ses joues roses plongent madame Saint-Onge dans de très lointains souvenirs. Alors à l'emploi de l'hôtel Jacques-Cartier, elle avait eu l'insigne honneur de s'occuper de la suite royale. Elle se souvient des joues roses du jeune roi qui était entré dans la chambre pour chercher sa raquette de tennis et l'avait surprise en train de refaire le lit, les fesses bien dessinées sous son costume de femme de chambre. À dix-sept ans, madame Saint-Onge était irrésistible. Elle soupire.

— Qu'est-ce qu'il était beau, Georges! À l'époque, je l'aurais bien laissé me trousser!

Simon change de slip et de pantalon. Tout collé, le sous-vêtement est mis à tremper dans l'évier de la chambre. Le garçon profite ensuite du fait que sa logeuse est occupée à la cuisine pour filer à l'anglaise. Tout en marchant vers sa voiture, des questions l'assaillent.

Est-ce que Diane s'attend à me revoir? Qu'est-ce qu'elle voulait dire, quand elle a parlé de devenir riche? Elle ne veut quand même pas que je passe mon été ici pour la baiser sur demande? O.K., je l'ai fait une fois, ça m'a valu cent dollars, mais… Qu'est-ce qu'elle voulait dire? Ça ne me ressemble pas, ça, même que je la baiserais gratis encore une couple de fois! J'espère que c'est pas le genre de femme à s'amouracher d'un jeune…

*   *   *

La journée à Baie-Saint-Hugues file sans que le jeune homme pense à prendre des photos ni à se mettre à la recherche des traces de son grand-père Boily. Ce cent dollars lui brûle les doigts et il aimerait s'acheter un de ces nouveaux baladeurs Walkman sur-le-champ. *Les pieds pendant au bout du quai*, comme le dit la chanson, il observe le va-et-vient des bateaux et le ballet des mouettes. Les nuages sont bas. Il se dit que la mer est une matrice, à l'origine de toute vie, et que le vent omniprésent fait figure de père. Qu'ensemble, ils réinventent jour après jour les plages, les rochers, la verdure. Sans savoir pourquoi, Simon se laisse envahir par la mélancolie. Son propre père aurait su lui expliquer le mystère féminin. Ou peut-être pas. Les femmes sont-elles vraiment comme la mer, parfois calme et généreuse, parfois violente et déchaînée? Que dirait sa mère de cette façon peu orthodoxe de gagner des sous? Le garçon aperçoit un petit groupe de touristes français frigorifiés qui débarquent d'un Zodiac en déplorant le fait qu'ils n'ont pas vu de baleines, à part quelques souffles au loin. Quant à savoir si c'étaient des bélugas ou des rorquals communs… Finalement, Jonathan devra se passer de photos. Simon n'a pas le cœur au tourisme. Hanté par sa nuit échevelée, il n'arrive pas à décider s'il doit se sentir honteux ou pétri d'orgueil.

Suis-je un prostitué? Je pourrais en parler à Charles… peut-être… Lui, y me raconte ben toutes ses conquêtes… Pour une fois que j'aurais de quoi de croustillant à lui conter! Ça va t'écœurer, ça, mon Charles! Diane, c'est pas les p'tites filles des partys de noces!

La brise gagne en intensité et fraîchit. Simon ressent les signaux de détresse de son estomac. Il marche jusqu'à la Caisse populaire, récupère sa voiture et ralentit devant la maison verte et blanche de Diane. Dans la lumière déclinante du jour, la demeure lui semble moins intimidante. Le garçon secoue la tête et décide qu'il ferait mieux d'oublier tout ça. Un moment de folie, voilà tout.

Tant qu'à être dans le coin, pourquoi ne pas aller prendre un bon repas à l'hôtel Jacques-Cartier? Simon se repère aisément dans ce petit village, et en quelques minutes, il gravit l'impressionnante côte nouvellement asphaltée. La saison touristique est à peine débutée; le garçon n'est guère surpris de voir le stationnement quasi désert. Il remarque sur le bas-côté une grande pancarte portant l'inscription: *Oui au Casino!*

Simon entre dans le hall majestueux, accueilli par le sourire franc d'une sémillante réceptionniste.

— Monsieur a une réservation?

— Non, en fait, je me demandais s'il était possible de prendre un verre et peut-être même un repas…

— Bien sûr! Je vous recommande de prendre l'apéritif dans notre salon bleu, où vous pourrez consulter le menu du restaurant. Cependant, le premier service n'est qu'à sept heures.

Bien calé dans un fauteuil pervenche, Simon savoure le calme de l'endroit et sirote un *rhum&Coke*. Le barman guindé qui lui a apporté le menu observe d'un air amusé les yeux du rouquin qui s'arrondissent au fur et à mesure qu'il découvre le prix des plats. Une demi-heure plus tard, Simon fait déjà le chemin inverse pour redescendre au village. Entre un repas ou un Walkman, le choix n'est pas difficile à faire! Il hésite donc entre aller souper tout de suite au Chalutier ou aller d'abord prendre un autre verre à l'hôtel Renaissance, histoire de comparer les deux propriétés de la famille Giroux, et peut-être d'en savoir un peu plus sur la déchéance de cet établissement. Le Renaissance a pourtant eu, jadis, une aussi bonne réputation que son voisin haut perché, mais la salle de bal sert maintenant de salle de réception pour les familles à revenu modeste. Contrairement à l'hôtel Jacques-Cartier, qui continue de recevoir l'élite de la société, Robert Giroux compte surtout sur sa clientèle d'habitués pour faire sonner la caisse de son bar-salon, et ses chambres servent beaucoup plus souvent au commerce de la chair qu'à accueillir des touristes.

Simon passe lentement devant le Chalutier. Par les grandes fenêtres, il contemple avec découragement les tables presque tout occupées. Quelqu'un apporte une gerbe de fleurs à une minuscule grand-mère toute ridée et tous applaudissent.

Le rouquin va donc se garer derrière le Renaissance. Il remarque avec une irritation croissante que le stationnement déborde de voitures, dont une Cadillac affublée d'un énorme chou sur le capot. Il espère que le bar-salon sera plus calme.

Dès qu'il franchit le pas de la porte, une odeur de vieux tapis et de cigarettes l'agresse. Un couloir lambrissé de chêne foncé est troué d'un comptoir de réception désert, adjacent à un vestiaire rempli, gardé par une dame entre deux âges, plongée dans le *Allô Vedette*, et totalement indifférente au nouveau venu.

C'est à croire que les gens d'ici sont tellement habitués aux lieux que personne ne se fend en quatre pour les accueillir!

La tapisserie fleurie a visiblement connu de meilleurs jours. Au bout de ce couloir, deux fauteuils sont adossés au lambris et encadrent un immense cendrier sur pied. Leur recouvrement de velours bleu est si usé qu'il en paraît grisâtre. Ce hall n'offre donc que deux options clairement indiquées sur le mur: la salle de réception à droite et le bar-salon à gauche. Simon s'engage dans le couloir de gauche lorsque sept puissants coups de gong, incongrus dans ce lieu, le font sursauter. Malgré lui, l'adrénaline le propulse vers la droite. Noce ou pas, depuis le temps qu'il en a envie, rien ne l'empêchera de danser enfin sur *Beat it*! Pour une fois qu'il n'est pas prisonnier des tables tournantes! D'ailleurs, il est aussi curieux de voir qui est le maître de cérémonie.

En surgissant dans la pièce, le rouquin constate que peu de gens se trémoussent. Des jeunes, surtout, dont les mariés qui ont probablement fait cette demande spéciale. Simon se joint à la chorégraphie juste à temps, au moment pile où, dans le vidéoclip, tous les protagonistes de la bagarre s'enlignent derrière le chanteur en agitant la main gauche. Cette fois, c'est une délicate brunette en longue robe blanche qu'ils suivent avec un plaisir manifeste. Le grand garçon derrière les platines empoigne à tout moment son micro pour ponctuer la musique du «Hee! Hee!» caractéristique de la vedette du *pop*, mais hélas, toujours à contretemps. Simon n'en croit pas ses oreilles lorsque la fin de *Beat It* est mixée avec la guitare aigrelette de la Compagnie Créole et que, bientôt, la piste de danse déborde de gens qui, les bras en l'air, hurlent: «C'est bon pour le moral! C'est bon! Bon!»

Une femme dans la trentaine, le toupet séparé au milieu et figé par la laque en deux «ailes» de chaque côté du visage, s'avance vers lui. Visiblement influencée par l'immuable Krystel dans *Dynasty,* son corps est moulé dans une robe rose dénudant son épaule droite.

— Salut! Moi, c'est Line. T'es du bord du marié?

Amusé, Simon confesse qu'il espérait arriver pour le banquet. Sans se démonter, Line se pend à son bras et l'entraîne vers sa table.

— C'est un buffet, pis y en avait pour les fous pis les fins. Viens-t'en!

Décidément, c'est une fin de semaine pleine de surprises, et surtout, très économique! Simon est accepté d'emblée par toute la tablée, et on lui sert à boire sans plus de cérémonie. Line revient avec une assiette débordant de petits sandwichs aux œufs, de crudités déjà enduites de trempette crème sûre et soupe à l'oignon, et de cubes de fromage orange en équilibre précaire sur des rouleaux de jambon et de saucisson.

— C'est mon cousin qui a fait la bouffe, y a une entreprise de traiteur. On voulait pas de flaflas, on a toute mis sur l'gâteau, tu vas voir tantôt, y est quèque chose!

Tout en grignotant, Simon répond gentiment à toutes les questions usuelles concernant son bref séjour dans le coin. Il apprend que les noceurs habitent pratiquement tous à Saint-Grégoire, à dix minutes vers le nord. Les conversations sont détournées et tout le monde parle et se relance en même temps, si bien qu'il n'arrive pas à placer un mot.

«C'est-tu vrai que la p'tite Dion va chanter pour le pape?»

«Ben au moins, a chantera pas pour la reine au Nouveau-Brunswick! Ha! ha! ha!»

«Pis ça sera pas Turner qui va lui licher la main çartain! Oh que non, mon homme! Y va débarquer assez vite, y va r'gretter d'avoir déclenché des élections, c'maudit-là!»

«Ouais, mais moi, j'me d'mande si on s'fait pas fourrer; Ti-Poil pis Mulroney sont comme deux culs dans même culotte, ces babouins-là, vous trouvez pas?»

«Hé, Germain, j'ai dit pas d'politique à soir!»

«Allez-vous r'garder les Olympiques, vous autres?»

Entre les éclats de voix, Simon saisit des bribes de blagues insipides. Le D.J. est seul à s'esclaffer et enchaîne rapidement avec *Let's twist again* qui vide automatiquement les tables. Le garçon constate que dans ce coin de pays, les classiques du genre et le disco sont encore des incontournables! On dirait qu'à part pour certains jeunes, le *dance* n'est pas arrivé.

Soudain, les lumières s'éteignent. Quelqu'un fait rouler une table jusqu'au centre de la pièce, pendant que Joe Dassin ânonne *Les Champs-Élysées*. Simon sourit en songeant à sa mère. Soudain, il sent un soulier de femme qui frôle son mollet avec insistance. Un embrasement spectaculaire déclenche un concert d'exclamations ravies. La bombe Alaska flambée au rhum est promptement découpée. Les lumières révèlent le visage empourpré de Line, qui feint l'indifférence la plus complète en tirant une bouffée de sa cigarette. Simon décide plutôt qu'il serait temps de battre en retraite et de se rendre au bar-salon. Il n'a aucune envie de chanter en chœur l'éternel «Aga dou dou dou, pousse l'ananas et mouds l'café…»

La pièce n'est pas grande, mais confortable. Des boiseries, des tables rondes en chêne avec des chaises assorties, un long bar. Rien de recherché, comme une taverne aux lumières tamisées. Au fond, un escalier qui doit mener aux chambres. Un homme élégant, l'air absent, exécute avec un talent moyen le classique *Summertime,* sur un petit Hammond, devant quelques piliers de bar qui dodelinent de la tête. Ils ont les yeux fermés, et il est difficile de savoir s'ils dorment ou s'ils apprécient vraiment la performance du musicien. Simon pose une fesse sur un tabouret de bois et le coude sur le comptoir usé. Le serveur approche; c'est un Beau Brummel grisonnant qui aurait pu encore poser dans le catalogue Simpsons-Sears. Il détaille un moment le jeune homme, avec un air sceptique quant à son âge. Exactement comme Diane l'avait fait la veille.

— Bonsoir, monsieur. Qu'est-ce que je vous sers?

Simon remarque son accent français, l'absence de jonc à son doigt et son élégance naturelle. Il se demande si ce serveur ne serait pas homosexuel, par hasard.

— Une bière, s'il vous plaît.

L'homme dépose une chope mousseuse devant lui et approche un cendrier en lui jetant un regard soutenu. Simon ne s'en offusque pas. Il n'est pas loin de penser qu'on lui demandera de voir ses cartes jusqu'à ses vingt-cinq ans, au moins. Un barbu aux énormes sourcils broussailleux, la soixantaine bien portante, à qui un costume de capitaine de bateau conviendrait davantage, fait un signe de tête au serveur, jette un œil à Simon, semble hésiter avant de disparaître.

— Monsieur Giroux, le propriétaire, fait le barman à qui l'on n'a rien demandé.

— Dites, est-ce que c'est bien le frère du propriétaire de l'hôtel Jacques-Cartier?

— Oui, oui. Il y en a plusieurs, des Giroux, dans le patelin. Disons que celui-ci n'avait pas ce qu'il fallait pour diriger le grand hôtel. Son frère Michel réussit mieux.

Sur ces paroles sibyllines, l'employé s'éloigne.

La bière est bonne et la chope est déjà vide. Simon pense à rentrer lorsque ledit propriétaire revient sur ses pas, transfiguré par un large sourire, la main tendue.

— Disco Duval, j'me trompe pâs?

Simon plisse les yeux pour distinguer les traits de l'homme sous sa pilosité grisonnante. Heureusement que le serveur l'a identifié! Avec empressement, Simon tend la main à son tour.

— Tout à fait, monsieur Giroux. Simon Bouchard. Comment allez-vous?

Le propriétaire, ravi, s'esclaffe et d'un geste ample, l'entraîne à l'écart. Le serveur dépose illico sur la table de bois une nappe bourgogne, deux ballons de cognac, un cendrier et une boîte de cèdre contenant des cigares cubains Montecristo. Simon secoue la tête pour en refuser un.

— Mes deux péchés mignons… entre autres! Eh! ben! Disco Duval, c'est ben çâ! La fameuse partie d'sucre à Joliette en février… J'te dis que tu nous avais fait ben swinguer, mon garçon!

Simon se souvient de cette soirée. C'était l'une des premières sorties de Disco Duval après l'époque des salles paroissiales. Simon et Charles n'avaient aucune envie de s'y rendre. Pour eux, la cabane à sucre équivalait aux rigodons et aux blagues de *mononcle*. Un cinquantième anniversaire de mariage en plus! À coup sûr, ils auraient à faire danser une gang de p'tits vieux! Malgré tout, l'alcool aidant, la soirée avait été réussie et ils avaient récolté un impressionnant pourboire de l'un des membres de la famille. Difficile, de prime abord, de faire le lien entre ce barbu et l'homme généreux! Il était alors rasé de près et vêtu d'une chemise de bûcheron neuve, rouge et noir. Et si son souvenir est exact, sa femme était presque aussi grande que lui, les cheveux courts et gris; elle bougeait nerveusement, l'air dédaigneux, et fumait des cigarettes à la chaîne. Il les avait d'abord pris pour un couple de bourgeois en visite à la campagne sauf que leur parler rugueux les avait trahis.

Monsieur Giroux, en fin connaisseur, lève son verre et invite le jeune homme à faire de même. Il déplace le bougeoir.

— Un bon cognac, c'est comme une femme. D'abord, tu lui regârdes la robe!

Le liquide mordoré roule doucement dans le verre incliné et sa viscosité en nappe les parois. Monsieur Giroux grogne de contentement. Il plonge le nez dans le verre, hume son contenu, fait rouler le nectar et respire encore profondément. Ses narines palpitent: les arômes se déploient.

Simon l'imite, impressionné par la dichotomie entre les connaissances œnologiques et l'accent bâtard de son hôte.

— Astheure, pâssons aux choses sérieuses!

Le connaisseur s'autorise une toute première gorgée, à peine pour tremper ses lèvres, en reprend une autre et ferme les yeux brièvement pendant que, de la langue, il apprécie toutes les subtilités du cognac. Le garçon a avalé la sienne un peu trop rapidement et réprime une grimace. Une langue de feu se répand dans son œsophage. Au contraire, les traits de son vis-à-vis se détendent subtilement.

— Beaucoup d'corps pis d'longueur. Excellent!

Simon déduit que cet homme a reçu une meilleure éducation qu'il ne le laisse paraître. Robert Giroux entame un cérémonial semblable, véritable ode aux plaisirs, avec son cigare. Il en contemple la forme, le soupèse, le tapote, le sent. Fait une moue. Il le dépose et en prend un autre en maugréant. «Trop mou. » Il recommence son manège, hoche la tête, les yeux brillants. Simon est intrigué. Il tend la main pour en saisir un. Monsieur Giroux lui remet obligeamment celui qu'il vient d'évaluer et en prend un autre.

— Joue avec, roule-lé dans tes doigts. C'est sensuel, han? J'vâs les chercher moi-même là-bas, tous les hivers. Tire à cru, tu vâs voir comme c'est bon!

Pendant que monsieur Giroux tranche la coiffe de son cigare d'un geste franc, Simon tète le tabac et fait mine d'en aspirer la fumée même s'il n'est pas allumé. Dans sa gorge se répandent déjà les arômes du tabac. Monsieur Giroux allume le sien et précise qu'il est inutile d'inhaler pour ressentir les effets de la nicotine. En pur néophyte, le garçon s'escrime vainement à tirer sur le cigare et déteste instantanément ces volutes de fumée qui lui piquent les yeux et l'âcreté qui tapisse sa bouche et sa gorge. Une odeur de poivre fort s'infiltre dans ses narines. Au bord de la nausée, il dépose le cigare dans le cendrier. Son vis-à-vis est en extase.

— Mmm…copieux… harmonieux, élégant… tout simplement parfait! J'me tanne jamais!

Franchement, on dirait qu'il jouit! Moi, j'ai besoin de sortir, j'ai mal au cœur!

Monsieur Giroux remarque le teint pâle de Simon. Il s'esclaffe.

— Ça prend un bon dix à quinze minutes pour apprécier ces trésors à leur juste valeur! C'est pas pour les tapettes, ça! Vâ don' prendre l'air un peu! Pis tiens, apporte ton cognac, tu r'viendrâs quand t'auras r'pris tes couleurs!

Un brin vexé, le jeune homme se dirige vers la sortie et prend appui sur le montant de la porte d'entrée pour maîtriser la houle. Après quelques bonnes inspirations, il réalise que les invités de la noce ont envahi le stationnement. Les hommes ont le pas lourd, les femmes ondulent en chantonnant les dernières mesures de *Hotel California*. Quelques personnes lui font un petit signe de reconnaissance, certaines lui jettent des regards furtifs, d'autres le détaillent effrontément. Il est soulagé de n'apercevoir Line nulle part. Une jolie noiraude se fait serrer de près par un homme qui pourrait être son père. Elle a une telle façon de se déhancher! L'air salin fait des merveilles aux poumons malmenés de Simon et sa libido commence à le titiller.

Hum! Dans toutes ces femmes-là, laquelle me ferait bander? Celle-ci? Quel regard intense! Celle-là? Ah! non, pas celle-là, non! Le style poncho, pas trop pour moi. Oh! Mais elle, ah! ça oui! En brune, elle serait le portrait craché de la fille dans Flashdance! Quelles épaules... Et elle ne porte pas de brassière en plus! Quelle belle paire de seins! Fait pas chaud, hein mademoiselle! Oh... et c'est aussi beau d'en arrière! Qui c'est le vicieux qui a inventé le legging? Si j'étais à la place de ce grand échalas moustachu qui lui tient la main, je m'arrangerais pour lui faire faire un détour vers la plage...!

Une invitée bien en chair et haute comme trois pommes le frôle, les doigts encore poisseux de la meringue flambée dont elle vient de voler la dernière part. À voir ses jolies lèvres carminées sur lesquelles glissent son doigt maculé,

Simon s'imagine instantanément qu'il y insère sa verge et qu'il bute contre le fond de sa gorge chaude, qu'il sent sa petite langue s'enrouler autour de son gland et ses mains si potelées qui malaxent ses amourettes…

Le rouquin se dépêche de revenir vers le bar-salon, pour éloigner ce petit diable libidineux et pour éviter d'avoir l'air malpoli en laissant son hôte en plan. Il dépose son verre sur le comptoir en passant, et aussitôt, le serveur lui en remet un autre.

La discussion s'étire sur sujets de moindre importance, jusqu'à ce que monsieur Giroux demande à Simon s'il est allé faire un tour à la noce de ce soir.

— Oui.

— Bon, j'te demanderai pâs ton avis, j'vous ai vu travailler toé pis ton chum, l' grand slaque, pis c'est sûr que vous êtes pas du même calibre pantoute! Euh… ça marche ben, Disco Duval? Du travail en masse?

Simon n'a pas à se plaindre, le carnet de commandes déborde déjà pour l'été, les bals des finissants d'abord, les mariages, les *partys* de baseball, les tournois de golf… Le garçon songe avec amertume qu'effectivement, la compagnie de son beau-père va bientôt rouler tellement bien qu'il se sentira comme un simple employé.

Aussi dresse-t-il l'oreille lorsque monsieur Giroux lui parle de ses projets de rénovation et de son ambition d'ouvrir une discothèque dans son hôtel.

— Tu comprends, ça fait longtemps qu'on n'a pâs investi icitte. Les riches s'en vont direct à l'hôtel de mon frère, tant mieux pour lui! Nous autres, on a les mariâges comme à soir, hier, c'tait un bal de graduâtion… Mais chus certain que les jeunes des environs viendraient danser icitte toutes les fins d'semaine, si y avait une vraie discothèque!

J'ai commencé les discussions avec le chef du Chalutier. J'pourrais démolir les cuisines, qui servent à rien, et récupérer l'espâce. Le Chalutier fait déjà le traiteur pour des occasions comme à soir, ben là, j'les ai laissés apporter leur lunch, mais avec un vrai de vrai, ça serait compris dans la location d'la salle. Mais bon... tout çâ, c'est des bidous, han mon garçon?

Il lève son deuxième verre en guise de salut et savoure une autre lampée du liquide ambré. Simon attend poliment la suite. L'air de réfléchir tout haut, monsieur Giroux estime qu'il lui faudrait investir un bon cent, deux cent mille dollars pour la disco, rien de moins, afin qu'elle soit à la fine pointe de la technologie!

— Penses-tu que ton chum pis toé, vous seriez intéressés à devenir *partners*? Ça pourrait s' faire pour vingt ou trente mille piasses.

Simon sent ses cheveux dresser sur sa tête. Cette somme paraît tellement astronomique! Par contre, ils auraient des parts dans l'affaire, donc ils travailleraient pour leurs poches... Déjà que l'achat de cassettes et de disques le dépouille mensuellement d'au moins trois cents dollars, juste pour être à jour dans les nouveautés. Son dernier douze pouces lui a coûté dix dollars! Pour une seule chanson!

Ce constat ramène à son esprit le commentaire de Diane concernant les opportunités agréables et lucratives qu'il pourrait tirer d'un séjour prolongé dans la région.

— Vous me prenez un peu de court avec votre proposition. C'est sûr que c'est très intéressant, mais c'est prématuré pour moi, qui commence dans le domaine, surtout que je n'ai pas beaucoup d'économies, Charles non plus.

— O.K., j'comprends çâ. Mais j'ai un plan B. T'as vu

l'gars d'la disco icitte? C'est l'neveu d'ma femme. Edmond.
Un grand flanc-mou qui s'pense drôle, mais qui l'est pas
pantoute. En plus, y boit sur la job. Trop, j'veux dire. Chus
pas plus catholique que l'pape, mais quand tu finis ta soirée
ben chaud… En tout cas, elle voulait absolument que j'l'engage pour qu'y fasse quèque chose de ses dix doigts, pis y
insistait pour mener la disco. C'pâs sa place! Moi, j'en
ferais mon homme à tout faire. Y s'débrouille pâs mal dans
toute c'qui s'appelle plomberie, électricité… Ça f'rait plus
mon affaire! Fait que… si j'vous donnais une chambre
icitte, mettons pour trois mois… Pour la saison, mettons,
penses-tu qu'vous pourriez venir faire l'animation? Toute
compris, bar ouvert, les repas au Chalutier… Et pis avec
ton chum, on pourrait déjà faire marcher la salle de réception, même les soirs où y a rien au programme, comme çâ,
la clientèle s'habituerait à venir! Pis icitte aussi, au bar-
salon, j'veux faire des changements. Ron est ben bon dans
l'style musique de meméré, mais j'aimerais çâ aussi avoir
des chansonniers, des chanteuses, tu vois l'genre? Cabaret,
un peu. Fait que ça m'prendrait un D.J. pour faire patienter
l'monde entre les *sets*! Qu'est-ce que t'en penses? Faudrait
j'm'attaque aux chambres aussi. Les matelas sont tellement
défoncés qu'y a toujours un p'tit r'bond quand une belle
fille te monte dessus! Ça fait d'la houle! Ça donne le mal
de mer! Ha! Ha! ha!

Dubitatif et fatigué, Simon remet sa carte à monsieur
Giroux.

— Appelez-moi dans quelques jours, il faut que je réflé-
chisse à ça et que j'en parle à Charles.

* * *

Jonathan attendait son frère de pied ferme.

— Alors? Raconte!

Simon reste évasif, prend tout son temps sous la douche, puis se rend à la cuisine pour se faire un sandwich.Comme un vautour, Jonathan fait les cent pas.

— Tu as pris des photos au moins? As-tu trouvé des traces de notre famille?

Hostie. Le grand-père... J'y raconte tout ou rien?

Simon choisit de naviguer dans la demi-vérité, avouant qu'il avait loupé le voyage aux baleines parce qu'il avait dragué une fille sur la grève et qu'ensemble... eh bien... bref, le grand-père... Le garçon parsème volontairement son discours de silences, permettant à Jonathan d'extrapoler.

— Sacré Simon! Tu as enfin compris que tu pognais avec les demoiselles! Pis, pis? Elle était comment?

Simon décrit sans mal la jolie fille qu'il avait observée du haut de son perchoir et qui se donnait sans retenue sous les étoiles. À mesure qu'il dépeint la scène, se projetant dans le rôle de l'homme qui l'avait si bien fait jouir, son discours devient de plus en plus convaincant. Jonathan sent quasiment les seins laiteux de la fille s'épanouir dans ses mains. Il toussote nerveusement pour dissimuler le petit sentiment de jalousie et tenter d'apaiser l'excitation qu'il ressent devant ce récit intime.

— Wo! wo! le frère! Pas trop de détails, gardes-en un peu pour toi! Tu vas la revoir?

— Bof, je ne pense pas. Ça va dépendre... En tout cas, merci pour l'auto. Je vais aller reporter l'équipement de camping.

La sonnerie du téléphone mural interrompt leur conversation. Jonathan saisit le combiné et répond à l'interlocuteur que «oui, son frère est rentré, et qu'il va avoir des histoires olé olé à raconter!» Hilare, Jonathan tend le récepteur à Simon.

— J'en reviens pas! Tu t'es déniaisé, Simon Bouchard? Dis-moi tout!

— Ben oui! Faut croire qu'il fallait que j'aille plus loin que Montréal pour en trouver une que t'as pas baisée! Ha! ha! Pis toi? Toujours dans ton club de tout-nus?

*   *   *

Depuis plusieurs jours, Simon souffre de migraines persistantes. Ses nuits sont peuplées de rêves fugitifs et interrompues par l'insomnie. Il jongle sans fin avec une proposition qui lui permettrait de voler de ses propres ailes, mais les propos de Diane le hantent aussi. Quelles seraient les implications d'un retour à Baie-Saint-Hugues? Simon en conclut qu'il doit en parler le plus tôt possible avec Charles. En espérant, bien sûr, que celui-ci acceptera de laisser le 281, où il passe tant de temps, et où il a l'air de si bien s'amuser. Il faut bien l'avouer, Charles a de plus en plus souvent le nez plein. Depuis son retour, ils se sont croisés sans avoir réellement eu le temps de se parler, mais Simon n'est pas dupe. Inquiet pour son ami, il n'arrive pas à trouver les mots pour lui en parler. Peut-être lui serait-il plus difficile de se procurer de la «neige» à Baie-Saint-Hugues? Charles pourrait en profiter pour se refaire une santé… S'éloigner de la ville lui serait si salutaire!

Ah! Et puis… Je ne suis pas sa mère, après tout! Ça serait pire s'il buvait comme l'autre concombre au Renaissance!

*   *   *

Le prétexte est parfait: Jonathan travaille, Simon reçoit

Charles pour écouter un film. Il l'accueille avec un odorant plat de spaghettis italiens.

— Est écœurante, la sauce de ta mère, Simon!

— Ouais, elle met du vin dedans! Euh... dis donc, Charles... j'voulais toujours te parler de quelque chose... Tu sais, quand j'étais à Baie-Saint-Hugues, j'ai eu une proposition...

— Cochonne, j'espère?

— Niaise donc pas. En fait, ça nous implique tous les deux. Si ça te dit de venir avec moi, on aurait un contrat de disc-jockeys dans un petit hôtel. Pour tout l'été.

Contrairement à ce que Simon appréhendait, Charles hurle d'enthousiasme à l'idée de passer un été exotique sur le bord du fleuve, et accueille avec un rire incrédule la proposition d'association avec le propriétaire.

— Ouais! Avec ce que tu m'as raconté sur tes deux Ontariennes, certain que je veux y aller! On va pouvoir foirer en masse!

— En dehors des heures de travail, hein. Le propriétaire a été ben clair là-dessus. On boit pas sur la job.

— T'es trop strict, Bouchard. Tu vas voir, on va faire un *team* d'enfer!

— Ben oui! En plus, j'me suis laissé dire que les femmes s'ennuient là-bas. Tu sais, presque tous les gars travaillent dans le tourisme, y en a qui ne reviennent pas à maison avant des semaines! Gages-tu que je vais arrêter de pogner, astheure que tu vas être avec moi là-bas?

Les garçons éclatent de rire et scellent leur accord d'une poignée de main.

Simon juge inutile de faire mention de Diane Tanguay.

Il préfère se convaincre que ce n'était pas à proprement parler une expérience de prostitution. Elle lui aurait tout simplement fait un cadeau. Dans ses songes, cependant, il enlace une forme floue qui ressemble à Diane, il l'embrasse, la cajole, la pénètre de toutes les manières, et s'il s'éveille avant d'avoir eu le temps d'éjaculer, il n'a d'autre choix que se masturber pour faire baisser la tension et pour ne pas dormir avec un tipi dans le caleçon. Cette femme mature a expulsé toutes les nymphettes inexpérimentées et toutes les *playmates* de papier de ses rêves! Son corps est en manque!

* * *

Pour monsieur Duval, c'est un coup très dur à encaisser. Sa femme tente vainement d'argumenter qu'il s'agit d'un contrat de trois mois, qu'ils seront de retour pour la grosse saison des fêtes d'étudiants et des *partys* de bureau. Le D.J. d'expérience a déjà compris que ses poulains nourrissent une ambition plus grande que celle de devenir les héritiers de son entreprise. Il y a un certain temps qu'ils s'informent sur les équipements, les contrats... Il offre plutôt aux garçons d'aller les reconduire, ce qu'ils acceptent avec un soulagement évident.

Quelques jours plus tard, ils débarquent à l'hôtel Renaissance. Simon est surpris, il s'était imaginé que l'endroit fourmillerait d'ouvriers. Le tapis a été lavé, mais l'odeur pénétrante de cendrier froid subsiste. Edmond cloue un pictogramme indiquant que les toilettes sont sur la droite, près de la salle de réception. Monsieur Giroux se montre plus réservé en présence de monsieur Duval, qu'il tient à rassurer. Il leur fait faire consciencieusement le tour du propriétaire. Dans les faits, la nouvelle salle Giroux a conservé ses tons de beige et de marron, mais une estrade trône au fond, sur laquelle se trouve une longue table, entièrement recouverte d'une nappe beige. La nouveauté, c'est qu'une deuxième table tournante s'est ajoutée à côté de celle qu'il y avait déjà et qu'un minuscule stroboscope semble avoir la responsabilité de donner du piquant aux soirées.

— J'ai l'intention de repeinturer toute çâ à mode. Ma femme m'a dit que pêche partout, avec des voilages drapés pêche itou, ça serait ben beau. Ça *éclaircisserait* la pièce!

Du côté du piano-bar, rebaptisé le Bobby Bar, l'orgue Hammond est maintenant juché aussi sur un promontoire, recouvert d'un tapis commercial gris. Deux spots, un bleu et un rouge, gisent à côté de l'instrument, en attendant d'être pendus au plafond.

— J'ai même fait refaire le comptoir en *veneer*, ça y donne un p'tit air moderne, non? Ensuite de ça, j'ai commencé à travailler sur les plans d'ma discothèque, mais ça va t'être pour un peu plus tard, lorsque j'aurai trouvé quèques associés.

— Ce sont de beaux projets que vous avez là!, approuve monsieur Duval.

Monsieur Giroux jette un œil sur Simon, espérant une approbation muette. Le garçon s'intéresse soudainement au comptoir neuf. Dans son for intérieur, il se sent confus en constatant que son nouveau patron a fait peu d'investissement; mais il espère que la clientèle affluant, d'autres rénovations suivront. Et ce pauvre comptoir, dépouillé de son cachet d'origine, fait peine à voir.

J'me demande comment le Beau Brummel a pris ça, ces changements-là.

Simon avait vu juste: l'escalier vétuste, au fond du bar,

mène jusque sous les combles, au troisième étage de l'établissement. Monsieur Giroux ouvre les bras dans un large geste circulaire.

— Votre garçonnière, les *kids*!

Dans le temps de le dire, les garçons accourent afin de vider la camionnette de monsieur Duval et déposent leurs effets un peu partout dans leur grenier. Ils sont heureux d'apercevoir une partie du village et du fleuve par les lucarnes dépourvues de rideaux. S'ils sont chanceux, ils pourront même voir passer les grands voiliers cet été! De son côté, monsieur Duval est attristé par cet espace aménagé à la va-vite et par le remugle peu invitant qui lui lève le cœur. Deux petits lits, une commode de guingois et un énorme bureau à cylindre américain, dont le couvercle est cannelé et verrouillé, et dont trois des huit tiroirs sont coincés par l'humidité, ne sert finalement que de décoration. Des clous de six pouces alignés sur une poutre du plafond supportent quelques cintres orphelins et un réfrigérateur minuscule ronronne dans un coin.

— Pour les toilettes, y en a en bas et pour les douches, j' vous laisse un passe-partout. Vous pouvez prendre n'importe quelle chambre inoccupée, en autant que Ghislaine le sache d'avance. Ghislaine, c'est la femme de chambre. Ça y fera pas plaisir d'avoir à repasser derrière vous autres, mais j'm'arrangerai avec elle. La mienne, c'est la dix-huit, au fond. C'est la seule où vous pouvez pas aller. À part de çâ, j'vous demande juste de faire attention quand vous marchez icitte, ça craque un peu, on est drette sur le plafond des chambres, pis comme vous allez finir târd...

Charles a envie de rire. Simon et lui se regardent, une lueur espiègle dans les yeux. Simon sait déjà que son ami va répéter *ad nauseam*: «Vous allez finir tâor.»

—Vous dormez ici également? Vous n'êtes pas marié, je suppose? s'enquiert innocemment monsieur Duval.

Monsieur Giroux évite son regard.

— L'été, on est ben trop occupés pour s'en r'tourner à tout bout de champ. Ma femme est habituée! Ça garde la flâmme pour quand j'monte chez nous, en haut d'la côte! Ha! Ha! ha!

Charles se promène partout, les mains dans les poches, en répétant:

— C'est au boutte!

Simon espère que personne ne remarque les reniflements répétés de son ami. C'est avec soulagement qu'il entend monsieur Giroux décréter:

— Bon, ben j'm'ennuie pâs, mais j'ai d'autres chats à fouetter. Ça m'â fait ben plaisir, monsieur Duval. Craignez pâs, on va ben s'occuper d'vos poulains!

Aussitôt que le barbu quitte les lieux, le mentor s'apprête lui aussi à repartir vers Montréal. Les garçons se confondent en remerciements et sont déjà dans l'escalier lorsque démarre la camionnette. Ils poussent un peu les lits et rangent leurs boîtes de plastique qui contiennent chacun plus de soixante-dix disques de tous les styles. Ils font une brève inspection, au cas où le voyagement en aurait abîmé quelques-uns. Simon est particulièrement fier d'avoir mis la main sur plusieurs vinyles rares, comme ce maxi-quarante-cinq tours de Madonna, *Lucky Star*.

— Regarde-moi ça comme c'est une belle pochette!

Encadrée dans un dessin de téléviseur, la chanteuse apparaît vêtue comme dans le film *Recherche Suzanne désespérément*. Charles brandit un quarante-cinq tours rose fluo.

— *Da Da Da* j'peux pas croire que le monde aime ça, danser là-dessus.

— C'est le groupe Trio, ça? C'est quoi, sur la face B? C'est-tu meilleur?

— La toune s'appelle *Sabine*, imagine-toi donc. Pis elle est aussi plate, si tu veux mon avis! Eille! J'ai faim, moi, pas toi?

Les garçons laissent tout en plan et se ruent vers le Chalutier pour profiter de leur repas gratuit. Simon renseigne son ami sur les différences culturelles qu'il a observées lors de son dernier passage et chacun commande un Pepsi en bouteille, un club sandwich et des frites avec du ketchup. À la fin du repas, la serveuse prend un air médusé lorsque, les yeux malicieux, Simon annonce que c'est gratuit pour eux. Le patron surgit illico.

— Qu'est-ce que c'est que cette histoire? On veut manger à l'œil, p'tits chenapans?

Soudain sérieux, Simon lui résume l'offre de monsieur Giroux. Les pinces acérées du doute torturent son estomac lorsque l'homme suspicieux décroche le combiné du téléphone accroché au mur. Les rotations de la roulette lui semblent interminables. L'homme argumente quelques instants et revient.

— Ouais, d'après Bob, vous venez tout juste d'arriver, vous n'avez pas encore gagné votre pitance. Vous commencez juste ce soir, ça fait que... C'est trois piastres chacun. Pour les autres jours, imaginez-vous pas qu'on va vous servir du filet mignon, le budget de Bob couvre un déjeuner-dîner, et un souper avant de travailler. Pour le reste, y a le dépanneur à deux rues, il est ouvert vingt-quatre heures. Bienvenue dans le coin!

* * *

Monsieur Duval roule depuis quelques minutes lorsqu'il se rend compte qu'il aurait dû manger un morceau avant de partir. Il bifurque donc à l'entrée du village de Sainte-Émilie et aperçoit l'enseigne de Chez Gilles. Ce jour-là, c'est Paulette qui fait le service.

— Bienvenue Chez Gilles, cher monsieur! Allez-vous être seul ou…

Monsieur Duval lève un doigt.

— Le comptoir ou la salle? Vous choisissez!

Une grande brune à la caisse le salue d'un signe de tête, alors qu'il se hisse sur un tabouret.

— Là-bas, c'est la gérante, Diane Tanguay. Et moi, c'est Paulette. Paulette Poirier.

Monsieur Duval se présente, serre les mains et jette un œil sur la décoration des lieux. Il apprécie l'efficacité de Paulette qui dépose illico devant lui un verre d'eau, un napperon de papier, des ustensiles et un menu.

— Un cendrier? Une bière?

Monsieur Duval secoue la tête.

— Aujourd'hui, nous avons du pain de viande ou bien du foie de veau aux oignons comme plat du jour, avec le Jell-O ou la tarte au sucre comme dessert. Et puis la soupe, c'est poulet et nouilles.

Le bouillon réconforte monsieur Duval et éloigne ses appréhensions au sujet de l'emploi d'été de ses protégés. Aussi supporte-t-il le verbiage incessant de cette pipelette sympathique. Il est aussi très heureux que le café soit buvable.

— Vous avez pas déjà fini?

— Il ne faudrait pas que je mange trop, je vais me sentir lourd, Paulette!

— C'est vrai que vous êtes loin de chez vous! Faudrait pas qu'vous vous mettiez à cogner des clous au volant! Euh… vous endormir, je veux dire.

Il laisse de l'argent sur la facture et s'assure que la serveuse complimentera le cuisinier pour son pain de viande. Alors qu'il franchit la porte, celle-ci se tourne vers Diane Tanguay en agitant un billet vert. Elle abandonne aussitôt le parler pointu qu'elle utilise pour faire plus distingué.

— Ah ben, ça parle au diable! Une piasse de pourboire! Tout un monsieur, hein!

Diane hoche la tête en nettoyant des cendriers.

— En tout cas, j'pense que j'irai veiller un de ces soirs dans ton boutte, à Baie-Saint-Hugues! Paraît que ça va se remettre à swinguer au Renaissance! Deux nouveaux p'tits jeunes pour nous brasser l'canayen, j'ai ben hâte de voir ça!

La gérante suspend son geste.

— Qu'est-ce que t'as dit?

— Arrête de faire simpe, pis écoute-moé donc! Tantôt, quand t'étais aux toilettes, le client m'a dit qu'y était venu r'conduire deux jeunes de Montréal au Renaissance! Y vont faire l'animation cet été! Paraîtrait qu'y sont ben bons pour faire danser l'monde! Va falloir que tu t'mettes sur le cas, ma Diane! Pis attends pas trop, parce que m'a te dire, si y sont cutes en plus, y va y avoir du monde à messe!

Paulette continue de pérorer; Diane s'acharne davantage sur les cendriers pour juguler les picotements qu'elle ressent dans son sexe. Les pensées se bousculent dans sa tête et elle se sent nerveuse, tout à coup.

Ce serait trop beau que le p'tit renard soit revenu! Est-ce que l'autre gars est au courant de ce qui s'est passé? Est-ce qu'y serait intéressé lui aussi à désennuyer les veuves du tourisme? Jusqu'à présent, la récolte a été si maigre! À part le gars de Québec embauché comme sous-chef au Jacques-Cartier, lui qu'y a même pas voulu jaser avec moi quand je l'ai croisé «par hasard» à la sortie de l'hôtel, y a les deux étudiants venus faire un stage en biologie marine. Eux autres ont ben voulu venir chez nous, mais mon Dieu, qu'y étaient nonos! Fallait toute leur dire!

Fébrile, Diane feuillette son carnet d'adresses et appelle Gilles, le seul complice vers qui elle peut se tourner. Le barman du Renaissance lui décrit succinctement les deux «p'tits nouveaux» de Montréal: un roux et un grand maigre, logés et nourris, mais c'est vite dit.

— Autrement dit, ils ne se mettront pas riches avec ce contrat, han?

— Tu as raison, Diane. J'imagine que tu vas te mettre sur leur cas bientôt?

Diane se sent secrètement flattée qu'après toutes ces années, deux personnes coup sur coup s'en remettent encore à son jugement. Si elle manœuvre bien, d'ici quelques temps, les villageoises auront de la chair fraîche à se mettre entre les cuisses. En bonne mère Maquerelle, elle ne doute pas un seul instant que les deux D.J. montréalais sauront apaiser les corps en feu. Gilles y trouve aussi son profit car il pourra compter, cet été encore, sur un afflux de citoyennes émoustillées qui viendront reluquer ces jeunes hommes en sirotant plus d'un verre et en laissant de généreux pourboires. Un bon mot bien placé peut faire pencher la balance lorsque plusieurs convoitent le même amant!

Diane a bien envie de répandre au plus tôt les prouesses du rouquin, mais elle préfère attendre d'avoir sondé l'intérêt et les capacités du grand slaque qui l'accompagne.

* * *

En quelques jours, les garçons prennent le rythme de leur travail. Ils s'écroulent généralement sur leur lit vers deux ou trois heures du matin, plus ou moins sobres, car les demandes spéciales sont souvent récompensées d'un verre. Levés sur le coup du midi, ils filent au Chalutier avant que les cuisines ferment et reviennent prendre une douche dans n'importe quelle chambre. Comme prévu, cet arrangement n'enchante pas Ghislaine, la femme de chambre, car il arrive trop souvent que les garçons oublient de lui dire où ils se sont douchés et les clients se plaignent du désordre.

Dans la journée, Charles et Simon se promènent ensemble ou chacun de leur côté sur les battures, à la plage ou dans les environs de la marina. Le village compte si peu de rues qu'ils se rejoignent toujours en riant et se racontent des anecdotes sur les touristes qui planifient une visite aux chutes Niagara dans les jours suivants et qui cherchent des Indiens avec des plumes sur la tête! De temps en temps, ils vont prendre un café avec madame Saint-Onge, qui est enchantée de bavarder avec les deux Montréalais. Charles cache bien sa nervosité, bien qu'il se demande toujours comment trouver un fournisseur de coke.

Simon redoutait bien la visite de Diane, mais après plusieurs jours, sa vigilance a ramolli. Un accident de parcours, voilà tout. Le Bobby Bar est de plus en plus fréquenté par une clientèle féminine et minaudière, mais Simon n'y voit rien de si différent que lorsqu'il animait des *partys* de bureau.

* * *

C'est un début d'été exceptionnel et les voitures rutilantes de monsieur Talbot peinent à satisfaire tous ces clients riches qui dédaignent le village pour gagner rapidement leur coquette chambre de l'hôtel Jacques-Cartier. Simon regrette de s'être tant plaint de la brise frisquette du fleuve lors de son précédent passage! Charles et lui devront bientôt appeler leurs parents pour se faire envoyer des vêtements plus légers par autobus!

Plus aventureux que Simon, Charles décide ce jour-là de faire du pouce pour découvrir les villages voisins. C'est ainsi qu'il monte à bord d'une Coccinelle rose, sur laquelle sont peintes d'immenses marguerites blanches. La conductrice, une femme au visage rond, dont les yeux en amande sont typiques des squaws des livres d'images, reluque sans vergogne ce roseau aux longs cheveux de paille. Charles essaie d'amorcer la conversation, mais s'aperçoit qu'elle ne parle qu'une langue et elle lui est inconnue. Elle rit fréquemment; Charles l'imite. Il n'arrive pas à se faire une idée de son âge. Ses cheveux de jais forment une longue tresse qui pend sur son épaule droite et elle porte des vêtements d'homme: une chemise de jeans délavé, très large, des pantalons usés et retenus par une ceinture de cuir et des sandales. La route cahoteuse fait délicieusement rebondir sa poitrine. La voiture roule vite, vers le nord. Ils traversent une longue forêt de conifères, lesquels masquent le soleil. Au bout d'un moment, le garçon se demande s'il ne devrait pas faire demi-tour. Il lui faudra bien retourner au village après cette virée! Il pointe l'arrière de la voiture avec son pouce, mais la femme continue de rire et de le couver des yeux. Soudain, elle prononce un mot en tendant l'index devant. Un village de maisons mobiles se dessine sur une large bande de terrain défrichée. Charles l'imite et pointe l'horizon.

— Chez vous? C'est ton village?

Leur arrivée attire une nuée de bambins rieurs, pieds nus pour la plupart. Charles se sent en expédition en Amazonie! Tous ces visages accueillants, mais remplis de curiosité! Il sourit à droite et à gauche, sans trop savoir comment se comporter. Ses hôtes s'esclaffent de le voir claquer des mains à tout moment, il est déjà assailli par les moustiques. Les enfants l'imitent et cela produit une salve d'applaudissements qui fait sourire même les vieux édentés qui passent. L'un d'entre eux s'avance et tend sa longue pipe de terre cuite à Charles, comme la coutume l'exige. Vaguement dédaigneux, il ne bouge pas. L'Amérindienne semble mécontente et tente de s'interposer. L'homme retourne sa pipe, en tire une bouffée, respire et exhale un mince filet de fumée. Le blondinet renifle attentivement.

— Du Québec Gold? Mets-en que j'en veux, grand-père!

Il saisit précautionneusement le calumet et en aspire une bouffée à son tour. Le hashish est presque pur et quelques bouffées suffisent à faire battre son cœur plus vite. L'aîné reprend sa pipe et en rallume le fourneau avec une brindille.

La squaw fait alors signe au garçon de venir avec elle et lui montre, derrière le village, un ranch où trottent une dizaine de chevaux. Elle s'empare d'un mors.

— Wow! C't'au boutte! On va faire du cheval!

La femme lui saisit la main et l'entraîne au milieu des animaux. Immobiles, ils attendent. Une superbe pouliche café au lait se détache du lot et vient vers eux. La femme lui caresse le côté de la tête et incite Charles à en faire autant. L'Amérindienne passe le mors entre les dents de la bête. La pouliche le mordille: la femme lève le pouce vers Charles. Bon signe! Elle empoigne la crinière de l'animal de la main gauche, balance sa jambe droite et saute! D'un seul coup! Elle se tortille un peu pour avoir une bonne assiette et lui fait signe de grimper derrière elle. Charles panique un peu.

— Wo! À cru de même? Je n'ai jamais monté sans selle!

La femme rit et lui fait signe d'essayer. Pendant que Charles s'escrime à sauter sans parvenir à s'accrocher au cheval, la femme lui flatte les oreilles pour le rassurer, mais la pouliche s'impatiente et secoue la tête de tous les côtés en grattant le sol. Un jeune amérindien accourt avec un tabouret pour aider Charles, dont la drogue affecte un peu la vision.

Le cheval s'ébroue et part au pas. Le garçon passe les bras autour de l'écuyère et trouve étrange qu'elle l'ait fait asseoir avec elle; peut-être croyait-elle qu'il n'avait jamais monté? Les muscles du cheval qui roulent sous ses fesses et la chaleur qu'il dégage produisent un effet plutôt érotique auquel Charles est sensible. De plus, en enserrant ainsi la cavalière, il se rend compte qu'elle a un corps plus svelte que la grande chemise qu'elle porte le laissait supposer.

— Je ne sais pas si tu comprends ma langue, mais qu'est-ce que j'ai envie de te toucher les seins! Ça me rend fou de les voir sautiller comme ça!

La femme ne réagit pas. Elle semble en parfaite harmonie avec la nature. Le cheval s'engage dans la forêt dense. Des pics s'attaquent furieusement aux arbres, des merles, des gros-becs, des pins et des jaseurs piaillent. Le doux balancement du cheval, combiné aux odeurs de sève et de champignons détendent Charles. La drogue aidant, il se sent joyeux et insouciant. Tout à coup, la main gauche de la femme se pose sur sa cuisse et amorce un lent mouvement, de haut en bas. Le pénis du garçon raidit dans le bas du dos de l'écuyère. Combien de ses compatriotes deviennent mous comme de la guenille après une bonne pipée? Elle commence à déboutonner sa chemise. Charles glisse ses mains sous le vêtement et palpe le ventre souple de l'Amérindienne. Il plaque sur elle son bassin. Il remonte ses mains pour attraper les seins qui ballottent au rythme du pas du cheval. La femme murmure son appréciation, retire sa chemise et la balance sur un tronc d'arbre. Charles s'empresse de faire de même avec son t-shirt et couvre de baisers le dos cuivré qui s'offre à lui. Il a l'impression que le temps est suspendu dans une bulle parfaite! Sa peau sensible capte à la fois la succession des zones d'ombre et des rais de soleil, ses cheveux se soulèvent avec la légèreté des aigrettes de pissenlits! Sa cavalière parle au cheval qui ralentit aussitôt et s'arrête complètement, les oreilles droites et immobiles. La femme secoue ses pieds, ses sandales tombent. Elle déboucle sa ceinture, plie une jambe et prend appui sur l'encolure de l'animal pour se mettre debout. Prenant appui d'une main sur l'épaule de Charles, elle fait sauter le bouton de son pantalon d'homme et celui-ci tombe sur ses chevilles. Du bout du pied, elle le repousse et le laisse tomber au sol.

— Oh! la cochonne! T'as pas de p'tite culotte!

Charles ressent un désir irrépressible et empoigne illico les cuisses fermes de la femme, qu'il embrasse avec passion. L'Amérindienne se baisse et emprisonne le visage mince de son partenaire entre ses seins généreux. La langue de Charles fouine dans tous les sens, escaladant et descendant les vallons, accrochant au passage un mamelon durci qu'il mordille, et en lèche furieusement l'aréole chocolatée; ses mains suivent un parcours désordonné, charmées par le grain de peau incroyable et les formes rebondies que ses doigts effleurent. La femme pose la main sur la braguette de Charles et lui fait signe de sortir son pénis. Pendant qu'il se tortille pour l'extirper de sa prison, la femme se rassoit devant lui et lance le cheval au petit trot! En temps normal, Charles l'aurait vite supplié de revenir au pas: ses fesses ne sont pas assez pulpeuses pour absorber les contrecoups. Le hash endort la douleur et aussitôt que la femme s'allonge sur la crinière de la bête, il enlace l'encolure du cheval et soulève les fesses appétissantes qui s'offrent à lui. Sans hésiter, il écarte d'une main les lèvres foncées du sexe de l'Amérindienne, et de l'autre, il tient son dard et appuie son gland turgescent tout juste à l'entrée de la vulve de sa compagne. Il prend quelques secondes pour permettre à son corps d'épouser le rythme du cheval et pénètre ainsi par petits coups la femme qui remonte un peu plus son bassin en haletant. Ses sécrétions de glaire abondantes fournissent une onction parfaite du gland. Un véritable test d'endurance pour le jeune homme! La fille émet un cri bref, et le cheval trotte plus rapidement. Cramponnée à l'encolure, la femme ressent le travail des muscles de la bête sous sa poitrine et les crins frottent sans relâche son clitoris. Charles s'ajuste instinctivement aux changements de rythme et sent que sa verge pénètre encore plus profondément dans l'étau de chair. Il jouit et jouit encore, il a l'impression que son pénis s'agite dans tous les sens. La femme s'enferre sur son dard avec une énergie débridée, elle émet des sons gutturaux, Charles jouit encore et encore! Une envolée de parulines et de bruants accompagne leurs cris désordonnés. Moment parfait, extase symbiotique. Les corps malmenés menacent de chuter du cheval. La fille murmure un ordre et la bête ralentit en douceur, puis s'arrête en s'ébrouant.

Galant, Charles refait une partie du trajet à pied aux côtés du cheval et ramasse au fur et à mesure les vêtements qu'ils ont semés sur leur passage. Lorsqu'ils reviennent au village, les joues roses et les cheveux en désordre, personne ne semble remarquer quoi que ce soit. La femme s'empare d'une brosse pour étriller sa pouliche, si accommodante. Elle crie quelque chose à un jeune homme qui, aussitôt, fait signe au garçon de le suivre. L'écuyère le gratifie d'un baiser sur la joue. Charles et l'Amérindien montent dans un vieux pick-up déglingué et reprennent le chemin de Baie-Saint-Hugues. Au loin, Charles aperçoit le panneau annonçant la halte routière et fait signe au conducteur qu'il veut descendre. Ils se serrent la main et le garçon court vers Simon, assis sur une table à pique-nique, dos à la route. Aussitôt que le rouquin aperçoit son ami, une vague appréhension le saisit. Son copain a l'air du renard qui a mangé de la poule. Mais la poule l'a-t-elle payé pour…

— Ouais, mon Charlot! T'as un sourire qui dit tout! Elle est belle au moins?

— Criss, mets-en!

Pendant que Charles lui dévoile la face cachée de l'équitation, Simon se traite de niaiseux et de parano. Le grand blond interprète mal l'expression de son ami et lui lance:

— Tu vas voir, dans quelques jours, j'vas avoir le derrière plein de bleus, tu vas m'croire!

— As-tu fumé, coudon? T'as les yeux comme un lapin albinos!

— Ben oui, mon vieux! Imagine! Y ont du Québec Gold! On devrait y retourner ensemble une bonne fois! J'me ferais bien une p'tite provision!

Mal à l'aise avec l'enthousiasme de Charles, Simon oriente la conversation sur la pingrerie de leur employeur.

— Tu sais pas la dernière, Charles? Tantôt, monsieur Giroux m'a dit qu'il pensait faire changer les draps aux deux jours pour les visiteurs qui restent plus longtemps! Pis en plus, il se demandait s'il ne devait pas instaurer un *cover charge* pour les soirées de fin de semaine!

— Y est don' ben à l'argent, coudon! Si sa salle est pleine, c'est à cause de nous autres! Y a pas parlé de nous augmenter, han!

Les garçons, assis côte à côte sur la table à pique-nique, regardent vers le haut de la montagne.

C'est là-haut qu'on aurait dû se faire embaucher, songe Simon, qui croit de moins en moins aux projets de partenariat avec monsieur Giroux.

C'est là-haut qu'il doit y avoir de la coke, se dit Charles. *Si au moins je pouvais faire un peu plus de cash…*

Le temps s'écoule, les garçons ont juste le temps de ramasser un sandwich au restaurant et d'ingurgiter une bière au Bobby Bar avant d'aller se faire beaux. Ils en profitent pour jaser un peu avec Gilles, qui leur parle de toutes les petites habitudes de la clientèle. Simon le trouve bien sympathique. Il a constaté que son attitude affectée est réservée à la clientèle de passage, et le rouquin le taquine en lui disant qu'à lui seul, il n'arrivera pas à redorer l'image de la maison. Surtout que depuis peu, les hommes peuvent maintenant reluquer une nouvelle barmaid qui n'a pas la langue dans sa poche. Monique — Momo — arbore une tignasse longue et crêpée ressemblant à celle de Cindy Lauper. Elle porte comme uniforme un legging doré, moulant ses fesses et sa fente, et alterne d'un soir à l'autre, en portant à même la peau, des vestons noirs ou rouges, pourvus d'épaulettes impressionnantes. Son soutien-gorge pigeonnant 36D ne rehausse pas que sa poitrine: les pourboires triplent lors de son quart de travail!

Cette Belge venue en vacances ici il y a six ans, avait eu le coup de foudre pour les grands espaces. Avant d'atteindre la quarantaine, elle promenait ses jolies jambes au bar-salon de l'hôtel Jacques-Cartier et comme cadeau d'anniversaire, Michel Giroux l'avait congédiée. Son frère l'avait repêchée et Momo savait se montrer très reconnaissante, sans se douter que c'était le lot de toutes les filles qui avaient laissé leur jeunesse en haut de la côte et qui, un jour ou l'autre, étaient venues pleurnicher dans les bras de Robert Giroux.

Le barbu passe en coup de vent dans le bar. Prompt, Charles se lève.

— Monsieur Giroux, c'est-tu vrai cette histoire de *cover charge*?

Comme d'habitude, l'employeur a une réplique toute prête.

— Ah! Comprenez don', les p'tits gârs, on est en train d'monter quèque chose ensemble! Ça va finir par vous r'venir, si jamais vous vous décidez à vous associer! On lâche pâs! Tous les moyens sont bons pour faire du *cash*, c'est ça la *business*!

Sous la houlette d'Edmond, les travaux avancent au gré des cuites. Au moins, il a repeint les toilettes. «Vert malade», décrète Charles. «Opaline», précise monsieur Giroux, influencé par sa femme. Peu nombreux en début de saison, les touristes commencent heureusement à affluer dans la région. À peu près tout ce que le village compte d'hommes est maintenant occupé sur les bateaux de croisières, à l'hôtel Jacques-Cartier ou à la pêche.

Robert Giroux impose aux garçons de se relayer d'une salle à l'autre, par souci d'équité. Les deux détestent le piano-bar. D'abord, c'est bien connu que les femmes aiment danser. Dans la salle Giroux, les veuves de saison envahissent la piste de danse à la première note de l'un des succès des vingt dernières années et dès les premiers soirs, œillades et moues suggestives font rigoler Charles et mettent Simon mal à l'aise. Au Bobby Bar, les mêmes vieux habitués, allergiques à ces nouvelles sonorités tonitruantes, assurent le fonds de roulement. Aussi monsieur Giroux a-t-il bien vite conclu qu'il est inutile de chambarder l'ordre des choses en dépensant pour des chansonniers ou des chanteuses. Il suffit d'un micro sur l'orgue Hammond et que Ron se mette au chant. S'il modernise un peu son répertoire, les gens fredonneront avec lui. Par conséquent, c'est une véritable torture pour les oreilles, du moins selon les garçons! «*Hhhelloooo?... Izitmiyour loukingfor...?*»

Le D.J. désigné pour succéder à celui qui impose ce répertoire sirupeux aux clients se doit de choisir soigneusement le sien! Les hommes valides sont à peu près absents du paysage, il ne reste que les vieillards et quelques alcooliques notoires pour représenter le sexe fort. Ces habitués, aussi prévisibles dans leurs goûts musicaux qu'en matière de boisson, éclusent la bière par gallons, et les femmes sirotent du *rhum&Coke* et des cocktails colorés. Pour ces gens à la vie immobile, la présence du beau Gilles et de la belle Momo (et désormais, du beau Charles et du beau Simon) ajoute une valeur indéniable à l'endroit.

Madame Tremblay — *appelle-moi donc Colombe* —, la soixantaine trop bronzée de tous ces hivers en Floride, réclame son Tequila Sunrise en entrant, chaque vendredi soir. Une cliente réglée comme une horloge suisse! Le barman prépare à l'avance son *shaker*, y frappe la tequila et le jus d'orange, laisse couler au fond du *tumbler* un filet de grenadine et pile à l'heure, elle s'avance vers lui avec un sourire de conquérante, pendant qu'il encastre la rondelle d'orange sur le rebord du verre et le pousse dans sa direction. Ensuite, elle va battre des cils auprès du D.J. pour lui rappeler qu'elle aime Stevie Wonder. SURTOUT *You are the sunshine of my life*!

Les sœurs Georgette et Thérèse Morel viennent toujours le samedi, vers onze heures, après leur partie de quilles à Sainte-Aubépine. Comme elles ne veillent pas tard, mais aiment se sentir pompettes, elles s'enfilent deux Zombies chacune et repartent bras dessus, bras dessous en pouffant comme des écolières. Et Armande, capable de siroter six crèmes de menthe vertes dans la soirée sans avoir le cœur en compote! Solide sexagénaire qui voue un culte à Claude François, elle boude lorsque le D.J. tente de lui refiler une autre version de *Comme d'habitude*.

En à peine une semaine, les animateurs apprennent à contenter à peu près tout le monde. Entre Lorette, qui exige encore et toujours la «p'tite Céline» et qui fredonne *D'amour ou d'amitié* jusqu'aux toilettes, et Marcel le taciturne qui n'a précisé qu'une seule fois, mais entre quatre yeux à Simon, qu'il était «ben mieux» de mettre une toune de Barry White chaque fois qu'il est dans la place, il reste au D.J. à naviguer allégrement entre toutes les autres demandes spéciales des visiteurs de passage qui, de temps en temps, insufflent un peu de nouveauté sur la table tournante. Ce qui constitue un véritable tour de force, considérant que ces apparitions ne durent que trente minutes à la fois. C'est pourquoi Simon et Charles préfèrent travailler à la salle Giroux.

* * *

La température grimpe de plusieurs degrés au fil des jours. Même les habitués de l'endroit n'en reviennent pas! C'est bon pour le tourisme, un peu moins pour la pêche. D'ailleurs, quelques hommes, qui avaient prévu être absents pour plusieurs semaines, sont revenus passer une journée ou deux à la maison dernièrement. Cause à effet? La clientèle féminine se raréfie ces soirs-là.

Ruisselant de sueur, Simon se change au moins deux fois par jour, toujours en squattant la salle de bains d'une chambre libre. En ce début de soirée, il passe donc au grenier chercher des vêtements de rechange et quelques produits pour se toiletter. Puis, il descend d'un étage, se faufile dans la chambre douze et commence à se dévêtir dans la salle de bains. Un bruit discret le fait sursauter et par réflexe, il pousse la porte et se cache dans la baignoire, derrière le rideau de douche.

C'est pas vrai! On dirait que je joue dans un film de Louis de Funès!

Des rires de femmes et des murmures enamourés parviennent à ses oreilles. Une voix de fumeuse s'exclame tout à coup:

— Ouin! L'père Giroux devrait faire refaire ses chambres! Une chance qu'on l'a juste pour une heure! Envoye icitte, mon *bello toréador*! On va te faire voir les richesses naturelles de Baie-Saint-Hugues!

— Quin, des beaux dollars juste pour toi! Astheure, fais-nous danser l'tango!

Un rire grave s'ajoute aux ricanements surexcités des femmes.

— *Espere un momento… Yo voy a lavarme las manos*[4]. *Lavarme? Lavarme? Laver?!*

Rapidement, Simon fait couler l'eau en espérant que les intrus croiront qu'il s'agit d'une méprise et repartiront. Il frôle l'attaque cardiaque lorsque le rideau de douche est écarté d'une main ferme.

— Oh! Un *zorro*[5]!

— Quoi? Zorro? Dans douche?

Trois visages hilares détaillent l'anatomie de Simon.

— Simon! Mais c'est le beau Simon, le nouveau disc-jockey! s'exclame Micheline. Tu sais ben, Paulette, c'est de lui que… Tu sais, y était venu au restaurant, là…

Simon rougit en plaçant ses mains en éventail sur son entrecuisse.

Fallait ben que ça tombe sur des gens qui m'ont déjà vu!

Micheline donne des coups de coude avec insistance dans les côtes de son amie, dont les yeux s'illuminent subitement.

— Ah!! C'est luiiii! Penses-tu que…

Micheline murmure quelque chose à l'oreille de Paulette, laquelle s'enhardit.

— Y est là, pis tout nu à part de d'ça! *Why not?* Hum… Tu sais, Simon, on va profiter de notre beau touriste espagnol, mais si tu veux te joindre à nous, *no problemo*! Y nous reste une couple de piastres dans not' sacoche!

Sans plus de préambule, les deux femmes se placent devant et derrière l'Espagnol, ravi, et entreprennent de le

---

4   Attendez un moment, je vais me laver les mains.
5   Oh! Un renard!

dévêtir, en laissant traîner leurs mains sur son corps solide et cuivré. Simon est tétanisé par la tournure des événements. Les yeux rivés sur le triple *strip-tease* qui se déroule à quelques mètres de lui, il se rend à peine compte que son pénis prend des proportions intéressantes. Jamais il n'aurait cru qu'un tel déballage de chairs mûres l'exciterait autant! L'Espagnol roucoule des paroles caressantes, pendant que Micheline, à ses genoux, passe de ses bourses à son gland avec sa langue. Paulette grimpe sur le petit évier et s'y coince carrément les fesses, les jambes ouvertes, les bras vers l'arrière pour s'appuyer. Simon ne résiste pas à l'envie d'y voir de plus près et l'Espagnol l'encourage d'un clin d'œil. Micheline se relève, tourne le dos à l'homme, met ses mains sur le couvercle des toilettes et écarte les jambes. L'homme remarque l'intérieur des cuisses, déjà strié de glaire, et passe sa main sur les hanches offertes.

— Oh! *la bella signora tutti gli hot*[6]!

Simon bande de plus en plus et les mamelons invaginés de Paulette l'intriguent. Il s'approche, tend les mains en coupe et soulève l'un de ses seins plantureux jusqu'à sa bouche. L'aréole grenat est soyeuse et chaude. Paulette, les yeux rivés sur les fesses musclées de l'Espagnol qui empale déjà son amie, commence à frétiller d'impatience.

— Continue de sucer, mon beau rouquin. J'm'occupe du reste.

Simon s'amuse à darder sa langue dans la minuscule fente de l'aréole, qui ressemble davantage à un nombril, en espérant faire surgir le mamelon. Paulette empoigne son membre. Consciente que les années ont flétri son sexe, elle sait comment, d'une main, écarter ses grandes lèvres pour

---

6   Oh! la jolie dame toute chaude!

qu'un gland trouve son chemin aisément. Le rouquin délaisse le mamelon récalcitrant pour empoigner la poitrine de Paulette avec ses deux mains et y enfouir son visage.

— Hostie qu'y sont doux!

Il enlace les chairs généreuses, il éprouve sur l'épiderme de ses bras les collines et les vallons d'une peau dont la femme prend le plus grand soin. Simon a l'impression que ses hanches sont douées d'une vie propre, elles s'emballent, mais quelque chose le retient, juste au bord de la jouissance. Paulette se triture le clitoris en cadence avec les halètements de l'autre couple. Par expérience, elle comprend que son vagin n'est plus assez serré pour le jeune homme. Elle encercle solidement la base du pénis de Simon avec son pouce et son index et sent la peau aller et venir. Ce serrement bienvenu déclenche aussitôt une série de spasmes dans le bas du dos de Simon, qui s'abandonne en râlant dans les bras moelleux de Paulette.

Le temps s'écoule et, pratiques, les femmes sont les premières à se faire quelques ablutions sommaires et à redistribuer les vêtements. Elles gratifient Simon de bises sur les joues, comme le ferait une tante à son neveu. L'Espagnol agite la main dans sa direction et le trio quitte la chambre, dont le lit est resté impeccable. Simon y trouve plusieurs billets neufs et une honte diffuse ternit son plaisir. Son regard tombe sur les chiffres du cadran et il réalise qu'il est déjà en retard. Il prend une rapide douche glacée, qui lui donne le coup de fouet nécessaire pour affronter le regard furieux de son employeur.

D'humeur guillerette, Simon opte pour un t-shirt jaune banane sans manches, par-dessus lequel il enfile l'un de ses vestons préférés, en tissu léger *aqua*, et aux épaules subtilement *paddées*. Il en roule les manches jusqu'aux trois quarts, attache deux bracelets de cuir à ses poignets et un lacet de cuir à son cou. Le pot de gel grand ouvert, il lisse ses cheveux de chaque côté de sa tête et sa bonne humeur descend d'un cran lorsqu'il essaie pour la énième fois de discipliner ses boucles.

RRrrAaah!! Ah! J'pourrais pas être comme Charles? Y est chanceux, lui, y a les cheveux lisses et y veut même pas les «crêter! Les femmes les aiment de même, qu'y dit! Hostie! Y vont-tu arrêter d'frisotter, ces cheveux-là?

Le rouquin remet ses lunettes, met ses mains à demi dans ses poches de ses jeans, prend des poses, fait des moues et resserre d'un cran sa ceinture de cuir tressée, en maudissant ses formes enfantines.

Pis Charles est tellement mince, en plus! Avec son linge bouffant, ses pantalons lousses pis ses vestes de toutes les couleurs, on dirait que ça le fait paraître encore plus maigre!

Le garçon se résout à descendre à la salle de réception. Il a tout de même hâte de raconter à Charles la drôle d'aventure qui lui est arrivée dans la salle de bains! Étonnamment, monsieur Giroux l'accueille au bas de l'escalier avec un air moqueur.

— Tu t'fais désirer, la vedette? Charles a tenu l'fort en attendant. Envoye, *flye!*

Éberlué, Simon s'engage dans le couloir. Son arrivée dans la salle Giroux produit un remous étrange parmi la clientèle. Charles a un air renfrogné.

— Tiens, t'as mis ton p'tit kit de poussin d'Pâques? J'sais pas c'que tu leur as fait, mais elles faisaient la baboune tantôt, personne ne dansait! Elles attendaient Simon! Pis pour ça, ben monsieur Giroux me retourne au Bobby Bar encore à soir.

Simon regarde son ami s'éloigner, lequel renifle de plus belle. Il est abasourdi. Normalement, ils auraient dû alterner!

Qu'est-ce qu'y a dans l'air, donc? À la pause, j'irai parler à monsieur Giroux. Ça n'a pas d'bon sens de laisser Charles là-bas, quand c'est pas son soir, voyons!

Le rouquin s'installe derrière les platines. Cherchant la meilleure pièce qui pourrait succéder à *Girls Just Want to Have Fun*, de Cindy Lauper, Simon s'efforce d'ignorer les regards ambigus que l'on pose sur lui. Il empoigne le micro et présente la prochaine pièce dans un délire inhabituel. L'atmosphère est chargée d'électricité. Tout à coup, Simon sent le poil de ses bras se hérisser. Paulette et Micheline sont tout au fond de la salle, entourées d'une nuée de femmes agitées. Des guêpes. C'est l'image qui lui apparaît.

Monsieur Giroux, accoté à la porte d'entrée, se frotte les mains. Visiblement, le petit est passé entre les pattes de Diane Tanguay et sa réputation est faite! Enfin, les affaires vont décoller.

* * *

Comme à son habitude, Charles fume une cigarette à l'arrière de l'hôtel pour profiter un peu de l'air salin, en attendant la pause de Ron. Une brunette plutôt grande et bien plantée s'adosse au mur, à côté de Charles, mais se tient un peu en retrait, dans l'ombre. Elle lui demande du feu.

Sûrement une vieille qui vient cruiser, se dit-il du haut de ses vingt ans.

— Salut! Moi, c'est Diane. Dis-moi donc Charles… Sois

pas surpris, l'arrivée de deux jeunes dans le coin, c'est une grosse nouvelle! Tu te plais ici?

— C'est pas mal.

— Je m'disais… Un beau gars comme toi, ça doit se faire *cruiser* par toutes les femmes du coin, non?

Prudemment, Charles répond:

— J'ai déjà entendu des rumeurs, comme quoi les femmes s'ennuient de leurs hommes l'été, mais j'ai pas encore pu vérifier… En tout cas, il y en a pas mal qui sont seules ce soir, il y en a toute une gang en dedans! Habitez-vous à l'hôtel?

Diane est soulagée de voir que Simon n'a rien dit.

— Non, j'habite dans le coin. En fait, j'ai quelque chose à te proposer. Quelque chose de payant. De vraiment payant. Appelle-moi après ton *shift*, si ça t'intéresse. Ça reste entre nous deux. Sinon, rien!

Diane glisse un papier dans la main de Charles et s'enfuit. Perplexe, le garçon contemple le numéro de téléphone inscrit dessus. Il a le réflexe d'aller raconter cela à son ami, mais il se sent un peu *cheap* de l'avoir accueilli avec un air bête tout à l'heure et décide d'attendre. Il commence à se sentir sérieusement en manque de cocaïne, ce qui se répercute sur son caractère. Simon et lui n'ont jamais vraiment abordé la question de sa dépendance; Charles est content que son ami se mêle de ses affaires.

À la seconde pause, Charles s'éclipse pour téléphoner. Il n'obtient qu'une indication: une maison verte et blanche au coin de la rue Prosper. De son côté, Simon a plaidé sa cause et Charles peut reprendre le contrôle des tables tournantes. Curieusement, c'est le moment que choisissent plusieurs danseuses pour envahir le Bobby Bar.

À la fin de la soirée, Charles traverse le couloir pour

rejoindre son ami. Cherchant encore une excuse plausible pour sortir si tard, il fait un détour par les toilettes. Une petite ligne pour le courage! Au piano-bar, tout le monde devrait être parti. Le grand blond s'étonne donc d'entendre encore de la musique. Il frotte son nez pour effacer les traces de poudre et va rejoindre Simon pour voir ce qui se passe.

Une chanson de Stevie Wonder joue, et ce n'est pas *You Are The Sunshine Of My Life!* Colombe Tremblay est encore sur place, conquise.

— J'en reviens pas! Madame Tremblay qui écoute une autre toune! En quel honneur?

Madame Tremblay s'exclame:

— Savais-tu, mon beau Charles, que cette pièce-là parle de drogue? Pourtant, l'air est si *belle*! Comment ça s'appelle encore, mon beau Simon?

— *Don't You Worry 'Bout A Thing.*

Le rouquin fixe son ami dans les yeux. Colombe poursuit son verbiage exalté.

— C'est ma faute aussi! Ce soir, j'ai été traîner sur la grève, y fait si beau! J'ai même ramassé des coquillages; pourtant, j'en ai un gros pot plein chez nous! Ça l'air de rien, mais je fais toutes sortes d'affaires avec, des colliers, des boucles d'oreilles, je recouvre des pieds de lampe, des cendriers… pis je revends ça un prix d'fou aux touristes! Ah! Ah! Ah! En tout cas, j'ai pas vu l'heure et quand chus arrivée ici, eh bien, y avait cette américaine qui avait déjà demandé deux fois MA toune! Pas une, mais deux fois! Le beau Simon, y savait plus où se mettre! Y savait que si j'arrivais, j'allais la demander! Mais d'un autre côté, y pouvait pus faire patienter c'te pauvre femme, alors il a fini par la passer. Pour faire exprès, chose, j'arrive dix minutes après! Tu parles d'une *bad luck*! Heureusement, roucoule-t-elle en papillotant des cils en direction du rouquin, Simon m'a fait découvrir une chanson aussi bonne que l'autre! Y a l'tour avec les femmes, han!

Charles se sent irrité parce que son ami lui passe un message peu subtil sur sa consommation de drogue.

Ah! pis elle, a m'énarve avec son beau Simon par-ci, son beau Simon par-là!

Il est doublement agacé de s'apercevoir qu'il ressent une jalousie toute puérile à l'égard de son ami. À Montréal, c'est lui qu'on draguait! Ici... Impatient de se rendre à ce rendez-vous mystérieux qui redorera peut-être son blason, il tourne les talons sans plus de cérémonie. Simon s'attriste que son ami ne soit pas resté pour discuter de sa consommation et craint qu'il soit froissé parce qu'il a osé y faire allusion.

* * *

Maintenant qu'il connaît bien le village, Charles pourrait se rendre au lieu fixé les yeux fermés. Ses longues jambes et son excitation le mènent au but en sept minutes. Il ouvre la porte à la volée et surprend Diane en train de nouer son peignoir.

— Alors, belle inconnue? Qu'avez-vous de si alléchant à me proposer?

— D'abord, tu lâches le vous.

Décontenancée par l'entrée intempestive de Charles, elle lui tend à bout de bras deux billets rouges.

— Cent piastres! Que veux-tu que je fasse pour ça? Mais dis-moi, es-tu toute seule ici? Aucun piège, hein? Pas de mari jaloux qui va me planter un couteau entre les omoplates?

La femme regarde, émue plus qu'elle ne le voudrait, ce

grand échalas qui fait les cent pas dans le couloir, l'air suspicieux. Elle se ressaisit et l'empoigne par les deux bras.

— Chut… du calme, mon beau! D'abord, serre-moi ça
dans tes poches, cet argent-là.

L'oreille exercée, Charles reconnaît la voix de Marvin
Gaye qui chante en sourdine.

Oh! Sexual healing*! Subtile, la madame!*

Ne sachant comment se comporter devant cette femme
qui a peut-être l'âge de sa mère, le garçon attend prudemment la suite.

Diane l'agrippe et lui donne un baiser rageur. Charles
est immédiatement stimulé par son ardeur. Le goût du sang
et de sa salive s'emmêlent. Diane s'en veut de le désirer
autant! C'est anti-professionnel pour la tâche qu'elle
devrait accomplir! La libido déjà exacerbée par la poudre,
Charles se dénude à toute allure, en quittant à peine la
bouche de Diane pour retirer son t-shirt. Dans la foulée, il
force sur le peignoir soyeux qu'il laisse choir au milieu du
couloir.

*Wow… Est pas mal plus belle que j'pensais! On va
s'faire du fun en masse!*

Les mains de Charles emprisonnent la tête de la femme,
et il l'attire doucement vers la première pièce qu'il rencontre, en reculant. Tout à coup, il bascule, fesses par-
dessus tête, sur le dossier du canapé. Il éclate de rire, s'y
étend et ouvre ses maigres cuisses.

*Hein! Hein! C'est d'la belle queue, ça, madame! Tu sais-
tu qu'à veut tes boules? Pogne-la entre tes grosses boules!
Envoye! Chus déjà trop excité!*

Diane contemple ce grand corps fébrile, ce visage d'ange
qui lui sourit, ces bras qui se tendent vers elle, ce pénis qui
la nargue déjà. Elle désire ce corps depuis qu'elle a vu

Charles officier aux platines, qu'elle l'a observé dans l'ombre, fouinant dans ses caisses de lait en plastique, l'oreille collée à l'épaule pour y maintenir un écouteur. Elle l'a vu mixer les pièces dans une suave harmonie. Elle a tant vibré en observant sa façon de clore les yeux et de laisser son corps fluet onduler au rythme de la musique…

Dans sa tête résonnent plusieurs sonnettes d'alarme qu'elle fait taire en se penchant par-dessus le dossier. Elle glisse ses doigts dans la chevelure si douce de Charles et recommence à embrasser le garçon.

— J't'embrasserais pendant des heures! Tu m'excites rien qu'à m'embrasser, mon p'tit torrieux! J'ai envie de te faire perdre le nord!

La tête renversée, Charles entremêle sa langue à celle de Diane et pose les mains sur les superbes globes qui pendent vers lui. Une inexplicable bouffée de tendresse l'envahit. Des deux pouces, il effleure ses aréoles jusqu'à ce qu'il sente deux billes bien dures rouler sur la pulpe de ses doigts et s'amuse à faire durer le plaisir.

Cette femme-là a faim! J'me demande combien ça fait de temps qu'elle s'est pas fait fourrer. Tu vas te souvenir de moi, ma belle!

Sa bouche perçoit l'accélération de la respiration de la femme. Son pénis étiré au maximum s'impatiente et il n'est pas loin d'avoir mal. Aussi pousse-t-il un premier gémissement, aussitôt que Diane pose une main sur son ventre. Étonnée, elle effleure la peau blanche de Charles en y traçant des cercles, la main bien à plat. Il gémit encore plus!

— Je le crois pas! Tu jouis comme une fille, ma foi du bonyeu!

La femme contourne rapidement le divan. Elle sait qu'elle est prête, ses mamelons sont provocants et l'embrasement qu'elle ressent à la vulve exige une pénétration vigoureuse! Charles lui empoigne la taille et laisse Diane s'empaler sur sa verge mince. Plus il émet des soupirs de jeune vierge, plus Diane s'agite et apprécie la longueur du membre qui bute contre le col de son utérus, ce qui la fait jouir davantage! Ces sons plaintifs stimulent Diane plus qu'elle n'aurait pu le croire. Confusément, elle comprend ce que ressent un homme lorsqu'une femme crie de plaisir. Sa cyprine lubrifie à merveille le membre rigide. Sur le point de défaillir, la femme accélère; monte, descend, monte, descend, monte, descend, monte, chacune des actions ponctuées par un mantra amoureux: Oui Oui Oui, des oui qui enflent, enflent encore, Oui oh oh oui OUI OUI OUI …

Charles hurle le premier, les mains soudées à la taille de Diane. Les corps semblent englués pour l'éternité, plus rien ne bouge, l'air est suspendu. C'est Moussette qui rompt le charme en sautant sur le dossier de SON divan. Sa maîtresse déplie lentement les jambes en écartant avec émotion les cheveux mouillés et collés sur le beau visage de Charles, figé dans une expression extatique. Le jeune homme laisse traîner sa main sur la rondeur de la fesse de Diane, celle-ci se lève pour filer vers la salle de bains. Charles renifle. Puis il éternue. Puis il renifle encore.

Maudit chat!

Le garçon ignore s'il a rempli sa part de contrat. Il ramasse ses vêtements.

— Il y a une autre salle de bains quelque part?

— En haut! T'es allergique au chat?

Charles verrouille la porte et fouille fébrilement dans la poche de ses jeans. Il y trouve une petite boîte en fer-blanc décorative qu'il dépose sur une tablette vitrée, y vide quelques grammes de poudre rocheuse et la tapote avec sa carte de crédit. Il saisit un billet de cinquante dollars et le roule en adressant une grimace à Mackenzie King. Les deux lignes blanches disparaissent dans ses narines. Puis, il mouille une débarbouillette jaune pâle, la passe sur le couvercle de la boîte et l'essuie avec une serviette avant de la remettre en place. Il pince rapidement son nez, inspire, s'examine de près et s'adresse un large sourire.

Tu es le plus beau et le meilleur baiseur de la région!

Un petit coup de débarbouillette sur les parties et il s'allume une cigarette en soufflant la bouffée par la petite fenêtre, au cas où son hôtesse n'apprécierait pas l'odeur du tabac. Le vent du large charrie des odeurs iodées. Charles ferme les yeux. Il pourrait baiser encore! Subitement, il remet son t-shirt et son minislip blancs, enfile ses espadrilles sans mettre de bas et sort de la pièce en courant. Il s'écrie:

— Mets quelque chose! Suis-moi!

Diane, emportée par l'énergie tourbillonnante de Charles, enveloppe sa nudité d'une robe cache-cœur en madras jaune, bleu, violet et rose, saisit la première paire de sandales à sa portée et ramasse un long châle crocheté. Confiante, elle prend la main du garçon qui s'élance sur le perron. Elle se sent rajeunie, motivée par un élan irrépressible! Elle n'ose même pas lui reprocher sa semi-nudité; son chandail lui descend à la moitié des fesses et il est si craquant ainsi! Ils courent dans la nuit en direction de la plage.

La lune trace un chemin brillant qui semble unir le sable au firmament. Ils délaissent leurs chaussures et, pieds nus, s'amusent de la vase qui s'insinue entre leurs orteils. La marée basse a déposé un tapis de varech qui trace des motifs psychédéliques jusqu'aux rochers.

— Sais-tu que ça se mange, des algues?

D'un air sceptique, Charles prend la lanière souple que

lui tend Diane et étire la langue: iode et sel.

— Pouah! C'est pas mangeable! s'écrie-t-il en oubliant son beau parler qui fait craquer les femmes.

Diane rit à perdre haleine. Elle lui explique qu'en Chine, les gens les font sécher et en mettent dans leurs recettes. Le garçon la taquine en lui disant qu'elle a voulu l'empoisonner et fait mine de vouloir l'attraper en rugissant. La gérante si respectée de Chez Gilles s'élance sur le limon en direction du fleuve, échappe son châle, pousse des cris de fillette surexcitée, dérape, s'affale de tout son long et une vaguelette fraîche plaque sa robe sur son corps. Charles s'agenouille, mêle son rire à celui de Diane, et bientôt, colle ses lèvres aux siennes. Ils emmêlent leur salive, se mordillent, se sucent la langue. L'électricité court sous leur peau. Diane se sent *sexy* comme jamais, consciente que ses seins et ses mamelons contractés sont plus nus encore sous le tissu détrempé. Consciente que la lueur de la lune l'entoure d'un halo de douceur. Consciente aussi qu'elle écarte les jambes pour que le ressac lèche sa vulve exigeante. Consciente que sa raison la quitte peu à peu et qu'elle est prête à tout pour que ce grand échalas la baise encore.

Oh! la cochonne! T'en veux encore, hein? T'es pas mal chaude, j'aime ça! J'pourrais t'baiser pendant des heures!

Charles murmure à Diane d'aller se rincer dans l'eau, le regard lourd de sous-entendus. Pendant qu'elle s'avance courageusement jusqu'à la taille dans l'onde glacée pour nettoyer son corps du sable qui s'y était collé, Charles jette un coup d'œil autour, subitement soupçonneux.

— On ne se fera pas pincer, hein?

— Qu'est-ce tu vas chercher là? Y est quatre heures du matin!

Le garçon ricane et se relève.

— Viens par là, le grand méchant loup a envie de croquer une belle p'tite pomme salée!

Émoustillée, Diane suit le garçon vers les rochers. Elle apprécie qu'il ramasse son châle au passage. Il le secoue et l'étale ensuite sur une roche plate et surélevée, qui forme, avec d'autres, un escalier irrégulier. Il l'aide à se débarrasser de sa robe et la fait asseoir, les jambes ouvertes. Galant, il retire son t-shirt et le lui colle sur le dos. Il s'agenouille devant elle et s'assoit sur ses mollets. Diane se cambre vers l'arrière, appuyée sur ses bras. Sa poitrine se soulève plus rapidement. Sa peau s'échauffe, mais si elle plie le moindrement les coudes, le minéral frais la fait frissonner. Chaleur et fraîcheur se disputent ses pores de peau. Charles murmure qu'elle est belle, avant de plonger la tête entre ses cuisses tremblantes. Il lèche sans relâche l'huître la plus crémeuse qui soit. Diane sent son corps bombardé de sensations entremêlées, l'atmosphère, les sons, cette chouette qu'elle entend distinctement hululer dans la montagne dont le cri se perd dans le chuintement d'une vague. Elle se sent emportée dans un tourbillon érotique. Lui reviennent en vrac des images d'elle-même, assise sur le banc, dans sa chambre, impudique, les jambes ouvertes, dans des positions folles. Elle est expérimentée. Elle a connu bien des jeunes hommes prêts à vendre leur corps ferme et vigoureux, leurs fesses bien rondes et charnues, leur pénis de toutes les tailles, de tous les formats, circoncis, trapus, poilus, tendres ou décevants. Dans son esprit défilent des gros plans de glands mouillés, décapuchonnés, luisants et rubescents. Qu'ils étaient lisses sous sa langue! Qu'ils glissaient bien entre ses seins! Toutes ces pénétrations, lentes, pressées, maladroites, profondes, vicieuses, emportées, ces mains partout, caressantes, fermes, fouineuses, enveloppantes…

Toute cette expérience accumulée pour la mener à ce bel Adonis!

Charles s'est redressé, mais Diane reste dans son doux délire et ne réagit pas lorsqu'il hausse chacune de ses jambes et les dépose sur ses épaules étroites. Elle sent les cheveux du jeune homme caresser ses mollets, la chaleur de son corps contre ses cuisses. Il se penche vers elle, l'enlace et niche son nez dans son cou en la pénétrant profondément.

— Une chance que je suis encore souple! Tu me plies en deux, espèce de p'tit snoreau! Oh! que tu me fais du bien! Oh! que c'est bon!

Il la maintient avec force et s'agite en elle, et le voilà qui geint et grogne sourdement, il se redresse à peine pour mieux la pénétrer, Diane respire de plus en plus vite, le jeune homme gémit de plus en plus. Diane s'agrippe au corps frêle du jeune homme, y enfonce ses ongles, bascule davantage les fesses sans ressentir la morsure de la pierre dans ses reins, ouvre les yeux et voit le doux visage, si près, un Christ en croix qui jouit, à la limite de la douleur, les yeux clos, la bouche entrouverte. Elle glisse sa main droite sous elle et attrape ses testicules, qui battent la mesure. Elle les fait rouler dans sa main, et du bout des doigts, appuie sur le périnée de l'amant qui intensifie immédiatement ses coups de reins. Elle se sent embrochée comme jamais avant lui, elle veut être défoncée, clouée sur la roche; oui, ça y est, elle siffle, halète, le supplie et dit n'importe quoi. Oui, oui, elle le supplie encore de continuer. Oui, oui, les couilles de Charles se rétractent. Instinctivement, les amants scellent leurs lèvres pour étouffer leurs cris qui ameuteraient tout le voisinage. Ils se séparent presque à regret, peu désireux de se faire surprendre par des promeneurs insomniaques.

118

Diane est championne pour conseiller à ses copines de toujours prendre en compte les pressentiments, ces petites sonnettes d'alarme qui nous préviennent d'un danger. Elle entend cette fois un carillon entier dans sa tête. Le danger est plus qu'imminent, elle est déjà amoureuse! Elle se met à chantonner pour éloigner ses propres appréhensions.

* * *

C'est comme si une valve s'était ouverte quelque part. Des petits bouts de papier coloré, portant chacun un numéro de téléphone, déferlent dès le lendemain sur les tables tournantes où travaille Simon. Le rouquin, galvanisé par son expérience concluante avec Paulette, sait maintenant qu'il peut satisfaire une femme beaucoup plus âgée que lui et se sent disposé à rendre ce service à un maximum de veuves estivales. Et à s'en mettre plein les poches, bien entendu. Il n'oublie pas le rêve que nourrissent deux petits culs de Montréal, c'est-à-dire d'avoir leur propre entreprise. S'il lui faut, pour ce faire, bander sur commande, pourquoi pas? Il y a des moyens bien pires pour ramasser des sous! Et Charles, lui? Ne sait-il plus, lui non plus, à quelle vulve se vouer? Simon se dit que son ami est peut-être aussi populaire mais qu'ils n'osent ni l'un ni l'autre s'en parler.

Simon erre dans le village. Ses pas le mènent en face de la fameuse maison verte et blanche où tout a commencé; la petite Colt n'y est pas. Dommage. Le garçon en aurait profité pour en apprendre un peu plus sur le rôle de Diane dans cette pluie de numéros de téléphone. Sert-elle de mère maquerelle ou est-ce simplement le fait que Paulette et Micheline lui ont fait de la publicité?

Par contre, madame Saint-Onge est toujours au gîte et

heureuse de pouvoir bavarder avec lui. Elle commence par lui faire faire le tour de son potager luxuriant. Tout a tellement poussé depuis juin! Simon se sent apaisé lorsqu'il est près de cette femme. Et en voilà une, au moins, qui ne le regarde pas comme un morceau de steak! La vieille dame pousse la porte moustiquaire et se retourne vers Simon.

— Je vais partir une brassée de lavage et je reviens. Reste ici ou va en dedans, ne te gêne pas! Je viens de faire du thé et des carrés aux dattes. J'en ai pour une armée! Sers-toi, fais comme chez vous!

La dame s'engage dans un petit couloir menant à sa salle de lavage. Simon se rend à la cuisine et salive en regardant le dessert. Il ne prend toutefois qu'une tasse de thé. Inconsciemment, son rapport au corps se modifie. Comme si, auparavant, il n'acceptait pas ses rondeurs enfantines. Mais depuis qu'on le paie pour baiser, il commence à faire attention à son alimentation!

En errant dans la maison, la tasse à la main, Simon est très surpris d'entendre une musique en provenance de la salle de lavage: *Every Breath You Take.*

— VOUS AIMEZ THE POLICE?

Elle rit.

— Ne crie pas comme ça, je ne suis pas sourde! Qu'est-ce que tu crois? Qu'à mon âge, je devrais écouter du Fernand Gignac?

Simon éclate de rire et passe dans le salon. En examinant le contenu d'une petite bibliothèque, il découvre une plaquette intitulée *Nouvelles Poèmes.* Intrigué, il s'assoit dans un fauteuil confortable et ouvre le livre au hasard.

AGITATION
Elle était libre, lui, deux fois moins.

De la confession à la confidence, l'amitié s'est installée.
Ils parlaient de tout en général et contre toute attente,
Du sexe en particulier. Avec détachement. Avec curiosité.

Elle était libre, lui, deux fois moins.
De la confidence à la confession, l'intimité s'est installée.
Ils parlaient de sexe en général et de rien en particulier.
Il l'a serrée contre lui, elle a fui son désir d'homme.

Elle était libre, lui, deux fois moins.
Au téléphone, sa voix grave glissa dans son oreille,
Se frayant une coulée brûlante jusqu'au siège du plaisir.
Une confession, une confidence... Un rendez-vous.

Elle était libre, lui, deux fois moins.
Ils parlèrent peu, et bientôt plus du tout.
Il l'a ouverte avec sa langue, il l'a fouillée du doigt.
Il s'est glissé dans son Lieu Saint,
Ouvert une brèche dans l'amoralité.

Elle est toujours libre, lui, deux fois moins
Il a son sexe dans la tête, sur le bout de sa langue.

Quel bel océan sensuel auraient-ils devant eux,
Si ce n'étaient de l'anneau et du crucifix!

Il se flagelle, alors que, dans la nuit,
Elle écoute des musiques haletantes,
Et laisse ses mains faire, comme si c'étaient les siennes.

Troublé de trouver ce genre de littérature chez la logeuse,
Simon referme le livre et s'apprête à le replacer sur son

rayon lorsque madame Saint-Onge fait irruption dans le petit salon avec une tasse de thé.

— Qu'est-ce que tu as trouvé de bon? Tu sais, moi-même, je fais parfois des découvertes! Presque tous les livres que tu vois là m'ont été donnés par des visiteurs! Par exemple, celui que tu feuilletais m'a été dédicacé par l'auteur qui était allé au Salon du livre de la Côte-Nord. Je ne l'ai pas regardé encore, mais je sais que l'homme, c'est un ancien frère! Il a défroqué pour une femme! Pis, c'est bon, au moins, ce qu'il écrit?

Simon rougit. Malicieuse, la vieille dame en rajoute:

— Oh! oh! Si tu rougis, c'est parce que tu penses que je suis trop vieille pour lire ça? C'est osé?

— Ben, un peu.

— Tu sais, Simon, j'ai pas toujours été plissée comme ça! Et laisse-moi te dire que lorsque je travaillais au Jacques-Cartier, j'y ai vu des choses qui ne sont même pas racontables! Alors, les p'tits poèmes! Pff…

***

De retour au Renaissance, Simon discute avec Gilles, le Beau Brummel, pendant que Ron entame une version virile de *Hopelessly Devoted To You*.

— Faudrait que je te montre la pochette de ça. Olivia Newton John est en gros plan dessus. En fait, j'en ai deux, sur celui de *Xanadu*, elle est comme dans un halo de lumière, on dirait une apparition. Est pas laide, hein!

Gilles opine du bonnet. Soudain, Simon perçoit un discret mouvement derrière lui et sent qu'on insère quelque chose dans sa poche arrière. Il sursaute et se retourne, mais une ombre longue s'enfuit déjà par la porte. Il agrippe promptement le papier roulé très serré et tente de déchiffrer le message, malgré la faible lumière du bar. Lorsque le barman approche obligeamment un lampion, Simon ressent un peu de gêne. *Tu te laisses faire pour 200$: 572-0111.* Abasourdi, le garçon relit le mot. Lorsqu'il lève les yeux, il croise le regard inquisiteur de Gilles.

— C'est ta première invitation?

Simon hésite juste un peu trop longtemps. Le serveur sourit.

— Non, bien sûr. Tu as déjà rencontré Diane, je présume! Et les messages affluent! Tu vois, Simon, tu vas vite apprendre qu'ici, c'est le téléphone arabe. Il suffit que tu en rendes une heureuse et les autres rappliquent! Comme on dit par ici: si tu as de la mine dans le crayon, tu es assis sur une fortune! Ha! Ha!

Le jeune homme n'ose pas avouer que jusqu'à présent, c'est plus d'une qu'il a menée au septième ciel!

— Tu es peut-être déjà au courant que dès le mois d'avril, les hommes du village sont occupés à préparer leurs bateaux, ils planifient les croisières, s'occupent des touristes hâtifs, et c'est sans compter tous les pêcheurs! Plusieurs ne rentrent pas chez eux pendant des semaines! Ils logent à l'hôtel de Cap-Providence ou ils se rassemblent à trois ou quatre dans les camps de chasse du côté de la rivière Blanche. Les hommes s'éparpillent partout où il y a du poisson! Sur deux pattes ou non! Ha! Ha! Ha!

Gilles continue d'essuyer un verre à bière, amusé.

— J'ai déjà eu ton âge, tu sais. Mes parents sont arrivés au pays lorsque j'avais quinze ans, alors t'imagines bien... Nous nous étions établis à Québec et je suis venu travailler ici dès l'été de mes seize ans. J'étais *bus boy*, comme on dit par ici, à l'hôtel Jacques-Cartier. Un jour, j'ai rencontré madame Tanguay. La mère! Pas la fille! En fait... La mère en premier, et un peu plus tard, la fille. Diane a pris naturellement la relève après la mort de sa mère. Son père était comme les autres, toujours sur les bateaux, alors il n'en a jamais rien su. Il vit maintenant dans une résidence pour personnes âgées du côté de Cap-Espérance. Je sais que certains maris se doutent de quelque chose, mais entre nous, plusieurs préfèrent que leur femme fasse un peu de sport en chambre avec de parfaits inconnus, plutôt que de les cocufier avec un gars des environs! Charles te fait peut-être de la concurrence, qui sait! Il t'en a parlé? À deux, vous pourriez toucher le pactole!

Le barman s'éloigne en frottant son pouce et son index ensemble.

De la concurrence?

Vexé, Simon fourre le papier au fond de sa poche avec la ferme intention de le jeter dans la première poubelle venue.

C'est pas vrai que je vais avoir l'étiquette de pute dans le front!

En proie à des émotions contradictoires, le garçon reste silencieux. Il se sent à la fois fier et humilié. Les papiers qu'il retrouve un peu partout dans ses poches de veste et entre ses disques lui prouvent qu'il a été à la hauteur. Mais Charles? Il est vrai qu'il s'absente de plus en plus souvent après leur quart de travail, et il se fait plutôt discret sur ses allées et venues.

Le nez dans sa bière, Simon se souvient de son ami, lorsqu'ils avaient ensemble élaboré leur *wish list*, cette liste de l'idéal absolu, née de cette idée si simple: si on était riches et qu'on avait notre propre entreprise. Debout sur sa housse de couette défraîchie, aux motifs de *Star Wars*, les pieds sur des miettes de chips, Charles avait lancé:

— Idéalement, on aurait besoin de deux tables tour-nantes Technics SL-1200 MK II, valant quatre ou cinq cents dollars chacun, d'un *caising* de transport avec le *mixer*, on est rendu à deux ou trois mille, mettons. Plus deux Bose 802 avec les trépieds, un autre deux mille... Et ça nous prendrait une machine à fumée MDG, comme celles qu'y font dans Saint-Michel, c'est quoi... sept, huit cents dollars? Plus la bonbonne de CO_2, des *spinners* R-16, des stroboscopes, la boule en miroir, le moteur, les projecteurs, les *black lights* et pis un *truck*! Wo!... J'ai perdu le décompte! En tout cas, si on pouvait avoir tout ça, ça serait terrible! Terrible, terrible, terrible! Ha! Ha! Ha!

Simon prend une gorgée en souriant. Lorsque Charles imite le parler de Dong, du duo Ding et Dong, impossible de ne pas s'esclaffer.

* * *

Simon ne peut ignorer les nombreuses possibilités érotiques que sa nouvelle popularité lui offre. Il imagine toutes les femmes du village comme des truites dans un lac, dans lequel il plongerait tête première; elles frôleraient son corps nu jusqu'à le rendre fou! Ça y est, son poisson s'agite.

Tu t'en fous ben des principes, toi, hein?

Simon tente de rester calme jusqu'à la fin de son quart de travail, mais cette vision de pure débauche ne le quitte pas de la soirée. Excité, il court vers le premier téléphone public et y insère un vingt-cinq sous. *572-0111.* Une voix de fumeuse, sensuelle et rocailleuse, demande simplement:

— C'est toi?

Il bredouille un «oui» à peine audible, note mentalement l'adresse qu'on lui donne et fait un saut de puce au troisième pour une toilette rapide. Charles est introuvable. Il disparaît de plus en plus souvent, parfois même en plein milieu de la soirée, lorsque c'est son tour au Bobby Bar!

En haut de la côte, la route se divise en deux, encercle l'hôtel Saint-Jacques, se confond avec le stationnement à l'arrière et les deux chemins se rejoignent et forment une seule voie menant à un cul-de-sac. L'asphalte se termine et la forêt se dresse. Sur ce tronçon de route, on retrouve quelques-unes des maisons les plus cossues des environs. Malgré l'obscurité cotonneuse qui masque partiellement la lune, Simon n'a même pas à chercher la demeure toute blanche où on l'attend, elle est énorme! Les grillons chantent, et ce soir, le vent est trop faible pour agiter les arbres. Les moustiques s'affolent autour de la peau claire de Simon, et pendant qu'il en chasse deux ou trois du revers de la main, plusieurs s'occupent de vampiriser ses chevilles et sa nuque. Le garçon contourne l'impressionnante résidence, et entre par l'arrière, conformément aux instructions reçues. Toute la maison est plongée dans l'obscurité, et n'eût été du rougeoiement soudain d'une cigarette, Simon se serait cru seul. Il toussote et une voix graveleuse demande:

— La cigarette te dérange?

— Non, non.

La cigarette grésille tout de même, Simon déduit que l'ombre l'écrase dans un cendrier. Il s'avance un peu à tâtons, guidé par un parfum poudré, mélangé à l'odeur âcre de la cigarette. Rebuté, Simon doute soudainement de ses capacités de faire abstraction d'une odeur si désagréable!

Un bruissement sec se fait entendre, une main met quelque chose dans sa poche et il comprend qu'il vient de toucher le salaire qu'on lui avait promis. Il tend les bras dans l'obscurité et ne rencontre que le mur de bois! La femme est déjà agenouillée devant lui et s'acharne à défaire sa ceinture. Sa hâte stimule Simon qui, d'un coup de pouce, en dégage la boucle. L'anonyme amante fait surgir son pénis de son caleçon et émet un grognement appréciateur. La verge de Simon s'en émeut. La femme plaque ses mains contre les fesses rondes et charnues du jeune homme, et commence à lécher le membre par petits coups rapides. Simon se rappelle les mots griffonnés: *Si tu te laisses faire…* Malgré tout, il cherche à caresser la tête de cette femme anonyme aux cheveux courts et raides. Il exerce une faible pression pour l'inciter à gober son pénis tout entier. Mais elle se laisse désirer et résiste! Elle a manifestement l'intention de mener le bal à son rythme à elle, et tant mieux si son engin l'excite à ce point! Dans la noirceur, des visages de femmes défilent dans la tête du jeune homme, toutes le dévisageant de leurs yeux pleins de désir. Simon est quasiment soumis à la torture. La femme lui mordille le membre, souffle dessus et le lèche. Les jambes tremblantes et l'esprit de plus en plus confus, le jeune homme commence à être exaspéré, à s'impatienter, à sacrer et à exhorter cette femme de le sucer! De le manger! Qu'elle arrête de le titiller ainsi, de s'amuser avec lui, qu'elle l'empoigne avec force, qu'elle le branle, qu'elle le vide de sa substance! Qu'elle se laisse prendre! Le garçon se fâche, la supplie, trépigne en utilisant un vocabulaire de plus en plus vulgaire, ordurier. Il bande encore plus, comme si le fait de prononcer ces mots lui faisait transgresser une sorte d'interdit! Le gland va lui exploser! Il veut venir, ça urge! Qu'elle y mette juste un peu plus d'ardeur! Simon s'agite, tressaute, donne des coups de bassin, empoigne les cheveux de la femme encore plus brutalement, sent enfin que la langue de celle-ci s'agite. Une main quitte sa fesse et s'insère entre ses jambes pour lui caresser le périnée et les couilles, pour forcer d'un doigt son anus. Les jambes du rouquin tremblent davantage. Le feu envahit ses reins et tout à coup, la *bouche-agace*, l'avale tout entier, l'enduisant de bave, l'enserrant juste assez pour que toutes les terminaisons nerveuses du pénis tendu s'affolent. Le mouvement hypnotique et voluptueux du va-et-vient arrache à Simon des râles de plus en plus amples. Il se fait manger par une vraie championne! Il a l'impression d'avoir un pieu énorme entre les jambes et cette bouche avide le pompe jusqu'à la moelle! Et ce doigt inséré dans son territoire secret, qui s'agite, qui trouve un bouton magique! Ses jambes se dérobent sous lui, son gland s'ouvre et il en gicle alors un jet monstrueux, promptement avalé jusqu'à la dernière goutte par sa bienfaitrice anonyme.

Étourdi, le jeune homme se tient après le cadre de porte et entend, comme s'il était dans une sorte de brouillard:

— Ne traîne pas. Tu peux partir.

Complètement désorienté par l'expérience qu'il vient de vivre, Simon réalise qu'il a marché jusqu'au stationnement de l'hôtel. Les nuages se sont accumulés et il lui semble qu'il fait plus noir que jamais. Machinalement, il lève un regard inquiet vers le firmament lorsqu'il entend un roulement de tonnerre au loin. Simon s'adosse à un arbre pour réfléchir un peu. Il n'ose encore pas qualifier cette expérience de «prostitution». C'est lui qui a pris son pied! Et quel pied! Cette femme est certainement plus âgée que Diane et c'est probablement pour cela qu'elle a éteint les lumières. Ou peut-être est-elle repoussante? Le garçon se sent paralysé par la fatigue. Bon Dieu que ça a été bon! Mais cette fois... Si la lumière avait été allumée... Est-ce qu'il aurait pu le faire? Est-il maintenant un prostitué? Est-ce ainsi que Gilles arrondissait ses fins de mois dans sa jeunesse? Le fait-il encore? À l'en croire, d'ailleurs, l'été ne fait que commencer!

Le rouquin n'avait jamais pensé qu'une chose pareille existait. Selon lui, la femme a bien des atouts et n'a pas besoin de payer pour avoir du sexe! À Montréal, il lui est arrivé de repousser une fille complètement *stone,* qui était prête à lui faire une fellation pour dix dollars! Il y avait bien quelques garçons qui traînaient toute la journée dans la gare d'autobus Voyageur, mais Simon savait qu'ils n'intéressaient que les vieux pervers. Ou les hommes mariés. Le jeune homme refusait catégoriquement d'être associé à cette catégorie de gens qui vendent leur corps pour quelques dollars.

Quand même! C'est pas des peanuts que j'gagne! Pis j'fais pas le trottoir! Deux cents ce soir, pis j'ai rien fait du tout! Ça m'a l'air que ça aurait pu être n'importe quel gars, d'ailleurs. Deux cents piastres à soir! Faudrait être fou pour dire non à ça!

Simon se sent confus, son ego oscillant de l'orgueil à l'humiliation. Chaque fois que sa mère ou Armand l'appellent pour prendre de ses nouvelles, il a de plus en plus l'impression de leur mentir. La vie qu'il leur raconte et celle qu'il vit ont l'air des deux côtés d'un même décor de la même pièce de théâtre.

Soudain, juste un peu plus loin retentit un éclat de rire qui lui est familier. Simon relève la tête et plisse les yeux. Charles! C'est bien lui qui sort ainsi de l'hôtel Jacques-Cartier en riant, en esquissant même quelques petits pas de danse! Intrigué, le rouquin n'ose pas s'avancer. Il attend que son ami ait rejoint la route, puis il s'avance prudemment, patiente de nouveau en haut de la côte puis lui emboîte le pas. Simon espérait que son ami rentre au Renaissance, mais le voilà qui bifurque vers la gauche, dans une rue transversale tout au bas de la côte. Avec stupéfaction, il le voit sautiller et tourbillonner tout seul en empruntant maintenant l'une des rues qui mènent à la plage. Pourtant, l'orage se rapproche, ce n'est guère le temps d'aller au bord de l'eau! Le rouquin sursaute presque lorsqu'une silhouette féminine surgit d'un bosquet, s'approche de son ami et l'enlace. Simon tourne les talons et regagne leur grenier en souriant. Charles est amoureux? Ses absences s'expliquent, alors! Mais quel est le lien entre le Jacques-Cartier et cette fille enjouée qui s'est jetée au cou de Charles... Qui est-elle? Au moins, Simon écarte avec soulagement le démon de la prostitution: ces femmes ne s'affichent pas publiquement. Il aurait été mal à l'aise d'apprendre plus tard que Charles et lui étaient les joujoux de ces villageoises et qu'ils n'aient jamais eu le courage de s'en parler. Les remords et les questionnements reviennent ternir la joie de Simon. Comme un ours en cage, il arpente rageusement la chambrette.

Je file déjà assez croche parce que je lui mens, j'me verrais pas y poser la question directement: coudon, Charles, est-ce que tu te prostitues, toi aussi?

— On aurait jamais eu ce genre de discussion à Montréal, hostie!

Sa voix résonne sous les combles. De frustration, Simon décoche un vigoureux coup de pied dans son sac de voyage et s'installe à la lucarne pour écouter le crépitement cinglant de la pluie qui s'abat sur le village. Peu à peu, le calme s'installe en lui et il s'étend sur son matelas sans prendre la peine de se dévêtir. Le sommeil l'emporte quelques minutes après qu'il a reconnu le pas traînant de Charles dans l'escalier.

* * *

Quelques semaines s'écoulent, et il fait une chaleur pénible. Les billets rouges et bruns, le salaire du plaisir, s'accumulent dans une pochette intérieure du sac à dos de Simon. À ce rythme, il va devoir en dissimuler au travers de tout ce qu'il reçoit de Montréal chaque semaine. Malgré les protestations des garçons, leurs mamans envoient par autobus vêtements d'été, crème solaire et biscuits aux carottes collés les uns contre les autres par le glaçage au fromage à la crème. À vrai dire, la seule chose qui manque vraiment à Simon, c'est une cargaison de «Off» ultra-puissant! Les magasins du coin en tiennent mais c'est hors de prix et les formats sont ridiculement petits. Depuis qu'il est à Baie-Saint-Hugues, il a l'impression d'avoir nourri des colonies entières de mouches et de moustiques.

Simon téléphone à sa mère.

— Si ça continue de même, j'vas avoir l'air d'un champ de fraises! Le pire, c'était la fin de semaine passée, on a accompagné Gilles à la pêche sur le lac Roux. Ben oui, c'est un beau lac, mais t'aurais dû voir les frappe-à-bord! On les assommait avec les rames! J'te le dis! Charles criait comme une fille! Faudrait avoir des rames en cèdre! Ha! Ha! Ha! C'est madame Saint-Onge qui m'a raconté que quand elle était p'tite, les gens rangeaient les vêtements dans des coffres de cèdre... Ah? chez vous aussi? Ça protège le linge des mites, mais en plus, c'est une odeur qui plaît pas aux frappe-à-bord!

...

«Non non! Était pas à pêche avec nous! J'ai été la voir à matin, madame Saint-Onge! Elle m'a regardé les bras pis

131

les mollets, pis elle a mis du vinaigre. Oui! oui! Elle a dit que c'étaient des piqûres de brûlots. Ça pince en maudit! Oui c'est vrai! Elle aussi m'a parlé de la calamine! Je vais en trouver au dépanneur. Non, non, maman! Pas besoin de m'en envoyer, voyons, ils en ont certain! Faut que j'te laisse, là… Non, tu salueras Armand pour moi. Quoi? Ben sûr, maman, tout va comme sur des roulettes, ici. Oui. Oui, les gens sont gentils. C'est ça. À bientôt!»

* * *

Aussitôt qu'il en a l'occasion, Simon s'assoit sur son lit de fortune et compte les dollars amassés, secrètement ravi que ce corps picoté lui rapporte autant. Cette pratique l'aide beaucoup à faire taire sa conscience. Il peut rayer mentalement certains articles de la liste de souhaits que Charles et lui avaient élaborée en vue de leur association.

Encore deux ou trois p'tites vites, pis c'est dans l'sac pour les tables tournantes! Si ça continue, je vais même pouvoir m'acheter une petite camionnette! Comment je vais faire avaler ça aux autres, par exemple? Tout ce fric en un seul été!

Il songe à toutes ces femmes expéditives qui se contentent de lui donner rendez-vous discrètement dans les toilettes, à sa pause, et qui s'enferment avec lui dans un cabinet. Les préliminaires sont réduits au minimum. Simon se régale de toutes ces poitrines dénudées, de toutes ces croupes offertes, et si d'aventure, l'inspiration ne vient pas, il ferme les yeux et fantasme. Souvent, fort conscientes qu'elles n'ont plus vingt ans, ces dames s'occupent avec ardeur de rallumer la flamme du beau rouquin qui ne demande pas mieux que d'honorer sa clientèle. Il effectue aussi plusieurs visites à domicile et son curriculum vitæ sexuel s'enrichit de toutes sortes de silhouettes, d'odeurs, de textures, de types de peau, de goûts…

Il sourit. Toute médaille a son revers. Ainsi, il a dernièrement frôlé la crise cardiaque lorsque l'époux de l'une d'entre elles a téléphoné en pleine nuit, pour annoncer qu'il revenait du camp de chasse parce qu'il souffrait d'une gastro. La dame avait alors calculé qu'ils auraient le temps de se faire une petite gâterie. Simon avait dû mettre à profit sa science du cunnilingus pour accommoder sa cliente. La peur de se faire prendre avait paralysé sa verge. Une autre fois, il avait failli s'évanouir lorsque, occupé à satisfaire deux sœurs avenantes et à la jouissance expressive, une petite voix s'était écriée derrière la porte:

— Maman! Bobo! Bobo, maman!

Simon avait parfois l'impression de jouer dans de mauvaises comédies, mais le jeu en valait la chandelle.

Quant à Charles, il semble bien que Charlevoix n'ait pas les propriétés curatives qu'espérait son ami. Il renifle plus que jamais, se renferme et s'absente de plus en plus. Monsieur Giroux, fort mécontent, a menacé Charles de lui couper les vivres, ce grand flanc-mou si peu fiable. Aussi, dès la fin de leur quart de travail, Simon se réjouit-il de voir Charles ramasser ses vêtements éparpillés sur le sol de leur garçonnière.

— Charles, faut qu'on s'parle. Maintenant.

Le rouquin a un rendez-vous, mais il saura bien comment se faire pardonner son retard. Tout en continuant d'enfouir des choses dans son sac à dos, Charles répond:

— Ça tombe bien, j'aurais un service à te demander.

Simon s'assoit en tailleur sur le matelas. Il espère qu'ils pourront mettre cartes sur table et retrouver leur complicité d'avant. Avant même qu'il ait ouvert la bouche pour entamer la discussion, Charles s'immobilise devant lui et se penche pour le regarder dans les yeux. Il déclare froidement:

— J'veux que tu me débarrasses d'une bonne femme.

— Qu'est-ce que tu me chantes là?

— Y en a une qui est tombée amoureuse de moi, j'sais plus quoi faire pour m'en débarrasser! On s'est fait du fun plusieurs fois, j'y ai rien promis, tu m'connais! Ben ces temps-ci, elle arrête pas d'rôder, hostie, elle vient même m'espionner ici! A pense que j'la vois pas. Probablement qu'a veut voir si j'me fais pas *cruiser* par d'autres. Ces temps-ci, madame m'achale pour que je couche chez elle toute une nuit! Pis à part ça, je voulais te dire, c'est même pas vrai la rumeur que les femmes s'ennuient ici l'été! À part la maudite tache, les autres me regardent avec un drôle d'air, j'te jure, on dirait que j'ai la face pleine de boutons! Pourtant, tu t'rappelles, les deux, trois premiers jours, elles avaient l'air moins farouches... J'leur fais pas le même effet qu'à Montréal, j'dois être trop maigre, j'sais pas... Icitte, ça doit leur prendre des bûcherons, des gars plantés comme Marcel... À part la sauvagesse, rien! RIEN! *Nothing at all!* Toi, par exemple, t'es vois-tu les mouches qui te tournent autour? À chaque soir, câlisse, y en a plein qui viennent te voir. Chus pas fou, quand tu passes d'la salle Giroux au Bobby, elles te suivent comme des moutons! J'espère que t'en profites un peu au moins! Moi, j'reste planté là avec quelques touristes anglaises qui ont des sourires de jument. Ça marche pas mon affaire. Faut que tu me débarrasses de cette fille. Chus sûr qu'elle me porte la poisse!

Sidéré, Simon se rend compte qu'effectivement, quelque chose cloche en ce qui concerne les affirmations de Diane et de Gilles. C'est à croire qu'aucune femme, à part la mystérieuse «pot de colle», n'a fait d'avances à Charles? À le voir survolté ainsi, Simon juge inopportun de lui raconter qu'au contraire, lui, il fait des affaires d'or.

— Arrête de tourner en rond comme ça, Charlot!

Ce subtil rappel aux temps insouciants de leur enfance stoppe le garçon qui gémit presque. Il s'assoit sur le rebord de son lit.

— En tout cas, y a juste elle qui m'colle au cul. J'la trouvais ben fine, mais là, chus pus capable. Tu peux-tu t'en occuper? Je devais aller la retrouver tantôt, mais j'ai d'autres plans. Fais ça pour moi, mon chum... Fais-y de l'œil, est pas mal chaude, j'pense que tu pourrais la consoler. *Anyway*... ça te ferait peut-être pas de mal de t'envoyer en l'air, t'es pas mal sage, j'trouve!

Charles adresse un clin d'œil salace à Simon, renversé par le culot de son ami. Alors qu'il s'apprête à lui demander le lien entre cette femme et l'hôtel Jacques-Cartier, Charles enchaîne sur un ton ennuyé:

— Ah oui, faut que j'te dise aussi...

Il renifle, se relève, fait quelques pas, nerveux.

— J'ai... euh... J'ai reçu une proposition... T'as entendu parler des rénovations au Jacques-Cartier? Eh ben... Je m'en vais y travailler. En fait, ils inaugurent la discothèque après-demain, pis Michel Giroux veut que je sois le D.J. attitré.

Cette fois, Simon est clairement assommé. Tout le village était au courant des rénovations apportées au grand hôtel en prévision de l'hypothétique casino promis par le député, mais si Robert Giroux avait su qu'en plus, son frère lui jouerait dans les pattes en ouvrant une discothèque...

— Mais t'es don' ben cabochon, Charles Dulac! Tu t'en

irais de même, merci bonsoir? Monsieur Giroux nous a quand même fait signer un contrat pour l'été, oublie pas!

Charles adopte un ton infantilisant.

— Simon, Simon, Simon. Capote pas, un contrat, ça se résilie. C'est l'avocat de Michel qui s'en est occupé. Monsieur Giroux va l'apprendre demain matin à la première heure.

— Michel! T'es déjà rendu intime avec le propriétaire? Wo! Ça va trop vite pour moi, là. Qu'est-ce que tu cherches, Charles? Pis notre projet? Notre discomobile? Y nous reste quatre ou cinq semaines à faire, c'est tout!

— J'sais que c'est plate pour toi, Simon, mais au moins, j'vais gagner de l'argent, pas mal plus qu'icitte, pis j'te jure de le garder pour notre discomobile.

Le rouquin n'arrive pas à aligner deux phrases de suite. Il y a quelque chose qui déraille dans l'idée qu'il s'était fait de cet été! Il se sent trahi, déçu, en colère. Il crache:

— Tu pars quand?

— Le plus tôt possible, j'vais être logé là.

Charles boucle son modeste bagage.

— Et la femme mystérieuse?

— Elle, y est pas question qu'elle apprenne trop vite où j'm'en vas, a serait assez folle pour venir mettre le trouble là-bas! J'ai ben l'intention de me pogner une couple de p'tites femmes de chambre, sont pas mal cutes en haut! Fais ça pour moi, va la rejoindre derrière la chapelle, à l'entrée du cimetière. Elle m'attend là pour me faire une surprise, mais ça m'tente pus, ses surprises.

— Tu manques de couilles, Charles! Franchement, tu devrais aller lui dire toi-même que tu veux plus la voir!

Charles renifle encore, il est de plus en plus agité. Il met son sac sur son dos et hausse les épaules.

— C'est elle qui s'est amourachée de moi! J'veux pus rien savoir. Excuse-moi. Faut que j'y aille. Viens me voir quand tu veux!

Charles s'est bien gardé de dire à son ami que même si cette femme le payait chèrement pour son amour, sa possessivité nuisait à ses chances de papillonner d'une touriste à l'autre à la discothèque. Là-bas, il ne manquerait de rien. Coke et cul, quel merveilleux programme!

Simon regarde la grande silhouette de Charles dévaler les escaliers et, impulsivement, part à sa suite. Il arrive sur le pas de la porte de l'hôtel au moment où son ami s'enfuit en direction de la côte.

— FAIT CHIER, CHARLES DULAC! QU'EST-CE QUI ME PROUVE QUE TU SNIFFERAS PAS TOUTE TA PAYE?

* * *

Tout le monde a remarqué que Diane Tanguay a rajeuni depuis quelques semaines. Plus coquette que jamais, elle a demandé à sa coiffeuse de lui faire la tête de Martine Saint-Clair. Elle feuillette le *Châtelaine* et le catalogue Simpsons-Sears en se demandant comment adapter ses vêtements au goût du jour. Le plus important, c'est qu'elle a soigneusement instillé le doute en ce qui concerne les capacités sexuelles du deuxième disc-jockey montréalais. La rumeur court maintenant dans les chaumières que Charles baise vraiment comme un pied, qu'il est vulgaire, pas trop propre, et qu'il en a une petite. Un gros zéro!

Par contre, elle ne manque jamais de souligner les performances extraordinaires du petit rouquin: un vrai Casanova, ma chère! Charles est pour elle. Pour elle seule.

Et c'est la première fois depuis… Depuis combien d'années, déjà?

Tout en se maquillant soigneusement pour la surprise qu'elle lui réserve ce soir, elle tente de retrouver certains souvenirs, enfouis dans sa mémoire.

* * *

Rita Tanguay, sa mère, trompait son ennui en draguant les touristes de passage. Sans grande moralité, elle enseignait à sa fille comment se maquiller et comment battre des cils pour attirer l'attention de ces hommes riches. «Ça va te servir plus tard!» affirmait-elle. Pour Diane, c'était presqu'un passe-temps: à seulement douze ans, la fillette jouait à la madame! Sauf que c'était le genre de jeu que son papa ne comprendrait pas, alors il fallait que ça reste un secret. Un secret entre elle et sa mère, ça lui donnait beaucoup d'importance. Diane prenait soin de ses trois petits frères, chaque fois que sa mère travaillait; elle se croyait donc bien renseignée sur l'anatomie masculine.

Sa mère avait été femme de chambre toute sa vie, au Jacques-Cartier. C'est d'ailleurs en nettoyant une salle de bains que la mort était venue la cueillir trop tôt. Un savon échappé par terre, une fracture du crâne et le sort de Rita Tanguay avait été scellé.

Comme bien des consœurs de travail, Rita relevait volontiers sa jupe pour dévoiler son pubis encadré de jarretelles beiges aux Américains et aux Européens pleins aux as. Souvent, ceux-ci transportaient dans leurs valises des bas de soie véritable et des dessous arachnéens dont les femmes raffolaient. Ces pratiques étaient monnaie courante, et les rares chanceuses qui avaient pu séduire un de ces hommes et qui étaient parties à son bras afin d'aller vivre à l'étranger devenaient des légendes chez les travailleuses. On se racontait leurs exploits en soupirant. Les maris de l'époque, tout comme ceux d'aujourd'hui, préféraient ne pas imaginer d'où venaient ces dessous chics qu'ils n'auraient pas pu offrir à leur épouse. Par contre, ils en profitaient tout l'hiver avec ardeur. Il arrivait parfois qu'un enfant naisse de ces unions, mais tout le monde fermait les yeux en se disant qu'il fallait bien que le village s'agrandisse. Certains hommes songeaient alors qu'ils avaient, de leur côté, probablement contribué à l'accroissement des tribus de Montagnais, plus au nord.

Rita Tanguay avait toujours été très audacieuse, généreuse et honnête. Elle n'hésitait pas à narrer ses expériences sexuelles à toutes ses amies et à faire ses propres recommandations. Les jeunes hommes dégourdis qui passaient dans la région pour trouver du travail et qui faisaient bonne impression au lit repartaient chez eux avec un pécule appréciable.

Diane examine avec soin son maquillage et entreprend de crêper ses cheveux au maximum. Elle se rappelle bien ce soir d'été, l'été de ses treize ans. Sa mère était revenue du travail dans la nuit, avec un jeune français nouvellement arrivé dans le village. Croyant ses quatre enfants endormis, elle avait cédé à ses avances sur la table de la cuisine. Entrouvrant la porte de sa chambre, Diane avait eu une toute autre perspective de sa mère. On aurait dit une autre personne. Les cheveux en désordre, le chemisier grand ouvert, la jupe relevée jusqu'à la taille, Rita enserrait entre ses cuisses un freluquet qui aurait pu être son fils. Fascinée, l'adolescente regardait les mains du jeune homme passer sous le jupon et dégrafer avec minutie la gaine de nylon et de satin. Petit à petit, une créature encore belle, épanouie et frémissante était apparue sous les yeux de la fillette. Les yeux rivés sur l'entrecuisse velu, Diane avait posé sa main sur son propre mont de Vénus en se demandant si le sien deviendrait aussi poilu quand elle serait plus grand. Elle se trouvait bien nue tout à coup.

Le garçon avait posé sa paume sur la toison de Rita et semblait agiter le pouce dans ses profondeurs: le corps de la femme s'arquait de plus en plus. La jeune fille avait imité son geste, et à sa grande surprise, elle avait constaté que ses doigts s'humidifiaient. Elle les porta à ses narines et constata qu'il ne s'agissait pas d'urine! Elle avait continué de faire glisser ses doigts dans sa fente, et un petit bouton de chair en avait émergé. Les jambes vacillantes, elle était retournée s'asseoir sur le bord de son lit pour apprécier davantage ces nouvelles sensations vertigineuses. Ah! les miracles de la cyprine! Sa vulve s'épanouissait sous ses mains, chaude et mouillée!

— Didier! Oh! oui, Didier, n'arrête surtout pas! C'est bon! Oh! C'est bon!

Sa mère suppliait son partenaire d'une voix qui changeait sans cesse d'octave, passant du feulement de panthère au petit cri de souris. Le timbre plus grave de Didier ajoutait un contrepoint à cette mélopée amoureuse.

Intriguée par le soudain silence qui régnait dans la cuisine, Diane s'était relevée. Les yeux ronds, elle avait contemplé le corps fuselé de l'homme, mais surtout, elle cherchait à comprendre la manœuvre étrange qu'il avait entreprise. Le jeune homme cachait son pénis dans une gangue de caoutchouc. Sa mère avait changé de position. Elle était maintenant couchée à plat ventre, les seins écrasés, et s'agrippait au rebord de la table. Elle haussait les reins comme pour faire jaillir son sexe d'entre ses cuisses, comme le faisait la grosse chatte des Boily lorsqu'elle était en chaleur! Avec ses pouces et l'un de ses index, Didier étirait les lèvres intimes de Rita et y insérait son gland. Lorsque celui-ci eut disparu entre les poils, l'homme se mit à caresser d'une main le dos de son amante et de l'autre, il semblait serrer les grandes lèvres comme pour accentuer la pression sur son membre pendant qu'il agitait les hanches. Ce mouvement de va-et-vient demeurait un mystère pour Diane. Comment avait-il fait pour savoir que c'était le temps d'entrer sa queue? Lorsqu'il s'était engouffré dans le fourreau de chair en contractant ses muscles fessiers, sa mère avait relevé les siennes encore plus. Diane avait remarqué que le jeune homme était maintenant penché vers Rita et avait solidement entouré sa taille avec son bras gauche. De sa main droite, il avait relevé la chevelure de sa partenaire pour lui embrasser la nuque et les épaules. Les amants avaient accordé leur rythme et Diane avait rapidement associé les coups de reins du garçon aux plaintes sourdes de sa mère. La jeune vierge avait compris dans son corps qu'elle serait désormais prête à se prêter au jeu des mesdames, pour de vrai.

Sur les conseils de Rita, Didier avait changé son nom et se faisait appeler Gilles, s'évitant ainsi bien des quolibets homophobes et racistes. Délicat et distingué, certains croyaient «qu'il en était» et son accent lui valait déjà l'épithète de «maudit Français». Rapidement, son entregent et sa nouvelle réputation de bombe sexuelle avaient rapidement mis fin aux qu'en-dira-t-on. Diane avait bien remarqué les clins d'œil complices de certaines villageoises lorsqu'il était question de Gilles.

Décidée à goûter à ses prouesses, la jeune fille avait supplié sa mère pour qu'elle la laisse faire une demande d'emploi à l'hôtel. Ses frères étaient presque toujours chez madame Beaulieu, à jouer aux cowboys et aux Indiens avec les deux fils de celle-ci. Nul doute que la voisine accepterait de les garder pendant le quart de travail de Diane, puisqu'un revenu d'appoint est toujours apprécié. Rita avait commencé dans les cuisines à onze ans, la requête de Diane ne l'avait donc pas étonnée. Lorsque sa fille était entrée dans le bureau du gros monsieur Giroux, avec sa démarche de madame, et que celui-ci lui avait demandé de l'appeler Anatole, Diane avait su qu'elle venait d'être engagée. Mais Didier-Gilles habitait ses pensées, il serait son premier.

L'hôtel fonctionnait à plein régime. Les gens fortunés venaient y fêter l'après-guerre et tous les gros bonnets qui géraient les entreprises de pâtes et papier fournissant les gros journaux américains, envahissaient le bar chaque soir. Des rumeurs de construction de barrages hydroélectriques pour le compte de la nouvelle Hydro Québec, colportées par les gens des grandes villes, mettaient le village en émoi. Après des années houleuses de conscription et de rationnement, un vent d'euphorie semblait avoir atteint toute la population, ce qui contrariait grandement le curé Morin.

Diane faisait partie des petites souris de la cuisine, sous les ordres du communard. Chargé de nourrir le personnel, monsieur Vallée prenait son rôle très au sérieux et aucun regard de biche n'avait d'emprise sur lui. Diane s'était rapidement mise à détester les mardis et les vendredis, les jours maigres, puisqu'elle devait éplucher davantage de légumes. Elle se souvenait parfaitement du quinze août de cette année 1947, alors que cette mesure avait été levée par le gouvernement. Même si le sucre et la mélasse étaient encore rationnés, un banquet gargantuesque avait été organisé pour le lendemain, un samedi, et tout le personnel avait été mobilisé pour l'occasion.

En revenant chez elle au milieu de la nuit, elle avait aperçu Gilles. En tant que garçon de salle à la terrasse, le jeune homme avait marché sans arrêt toute la journée, transmettant les commandes, encaissant l'argent, desservant et dressant les tables. Voir au bon fonctionnement du percolateur et au *charroyage* des caisses de vins de la cave au restaurant faisaient aussi partie de ses tâches. Il s'estimait heureux d'œuvrer le plus souvent possible à l'extérieur, car il exécrait les odeurs pénétrantes et entremêlées des cigarettes, cigares et pipes qui saccageaient les effluves divines des repas et qui lui collaient autant aux vêtements qu'aux cheveux. La terrasse était également beaucoup plus calme, la vue grandiose sur le fleuve favorisait sans doute le recueillement.

Ivre de fatigue, les pieds enflés, le jeune Français n'avait pas remarqué immédiatement cette gamine qui ondulait des hanches à quelques mètres de lui. Lorsqu'il l'avait abordée, Diane s'était vexée parce qu'il se montrait un peu trop protecteur à son endroit, lui offrant de la raccompagner chez sa mère.

Satisfaite de sa coiffure, Diane enfile une paire de bas résille. Qu'elle avait été naïve de croire qu'il la considérerait en adulte!

Elle se souvient comment elle était vexée. Elle s'était plantée devant Gilles, les poings sur les hanches, le menton relevé.

— J'ai entendu parler de toi. J'veux être une femme moi aussi. Si tu veux pas me faire ce que tu fais aux autres, j'te préviens, j'déchire mon linge pis j'appelle la police! Y vont te r'tourner dans ton pays! Mais si t'es fin… j'dirai rien à personne.

Interloqué par ce chantage, Gilles s'était laissé prendre par la main et la gamine l'avait conduit avec autorité à l'orée du bois. La lune était haute dans le ciel et la forêt baignait dans un bleu fantomatique. Après quelques minutes de marche, Diane s'était immobilisée devant un gros hêtre. Sans préambules, Diane s'était dévêtue, avait étendu sa robe sur une branche basse et s'était allongée dessus, une jambe repliée sur la branche, l'autre pied au sol. Le jeune homme avait tenté de protester. À la vue de ce corps presque parfait, il avait bandé, mais sa conscience lui avait fait bredouiller:

— Rhabille-toi. On ne se connaît pas! Est-ce bien ainsi que tu voudrais découvrir l'amour?

Diane avait eu un petit rire amer.

— L'amour? Mais qui te parle d'amour? T'es le gars le plus cute de l'hôtel, je t'ai choisi, c'est tout! Envoye, fais c'que j'te dis, sinon j'me fais des bleus pis j'vas dire que tu m'as battue.

Elle se sentait terriblement impudique et elle était bien consciente de l'effet de la brise sur ses mamelons. Gilles s'était approché et avait caressé timidement ses épaules. Ne sachant que faire, Diane avait fermé les yeux et noué ses bras autour du cou du jeune homme. Il lui avait effleuré les cheveux, les tempes, les joues, le cou, les épaules, le ventre, les cuisses, les mollets, les pieds… Elle avait laissé retomber ses bras, alanguie. Ses sens s'aiguisaient, sa faim croissait. L'amant avait retracé le même chemin, mais cette fois avec la bouche et la langue. La salive exacerbait le contraste entre la chaleur de la peau et la tiédeur de l'air. Diane avait l'impression que quelqu'un tirait sur les bouts de ses seins, elle sentait ses mamelons durs comme le bois de l'arbre, et entre ses cuisses, elle ressentait une chaleur intense, une sorte de palpitation. Habile, le garçon évitait ces régions et s'attardait sur d'autres petites bombes à retardement, tels les lobes d'oreille, le cou, le pli du coude, l'intérieur des cuisses… Il attendait que Diane perde contenance, qu'elle s'impatience, qu'elle cherche à le dévêtir, que ses pulsions féminines se manifestent à leur tour.

L'image suivante était la plus forte de ce souvenir d'adolescence. Cet homme s'était agenouillé et avait mis son visage entre ses cuisses. Il jouissait de déguster une si fraîche vulve, toute douce, si étroite qu'il en sentait les muscles enserrer sa langue comme pour un *french kiss*! Sans faiblir, il avait titillé le clitoris de Diane jusqu'à ce qu'elle crie, encore et encore, et qu'elle reste là, comme évanouie, pantelante. Elle n'avait pas remarqué qu'il s'était masturbé pendant qu'il lui ouvrait les portes du septième ciel. Lorsqu'elle s'était sentie emportée dans un torrent de sensations, il avait cessé tout doucement de la lécher et s'était penché vers sa bouche à demi ouverte pour y déposer un baiser si doux et si délicatement parfumé, que Diane se demandait si elle ne l'avait pas rêvé.

Le garçon l'avait accompagnée en silence, et lorsqu'il avait aperçu sa maison, il avait murmuré:

— Tu es… Tu es la fille de madame Tanguay? Telle mère, telle fille!

Il avait refusé de la déflorer, et au cours des semaines suivantes, elle avait tenté de perdre sa virginité, avec tout ce qui pouvait, de près ou de loin, ressembler à un pénis. Concombres, carottes, goulots de bouteilles… Un manche de marteau patiné avait finalement réussi à briser son hymen.

Amère, Diane regarde son reflet dans la glace. Qu'est-ce qu'elle pouvait manquer d'expérience pour croire alors que le fait d'être encore vierge lui aurait fait perdre des chances de s'attirer les faveurs d'un riche passant! Elle voulait tellement avoir l'air d'une femme d'expérience! C'est plus tard qu'elle lirait, sur le visage de certains, la déception de ne pas avoir été le premier.

Diane se débat avec son corset. Ses mouvements brusques trahissent son agitation.

Pendant des années, elle était demeurée convaincue qu'elle était amoureuse de Gilles, et tous les hommes qui l'avaient possédée n'avaient jamais eu accès à son cœur. Elle avait repoussé bon nombre de propositions de mariage, persuadée qu'un jour, Gilles remarquerait à quel point elle rougissait lorsqu'ils se croisaient. Le fait qu'il ne se soit jamais marié l'autorisait à croire qu'il lui était destiné. Bien au fait du rôle de Rita Tanguay et de son réseau de villageoises libidineuses, Gilles n'avait pas été étonné d'apprendre que Diane avait pris le relais à la mort de sa mère. Les voisines continuaient à se fier sur la fille de Rita pour évaluer les performances des nouveaux venus. Diane les avait toujours mesurés à l'aune de sa première extase avec Gilles.

C'est pourquoi ce grand fanal de Charles, bâti sur le même modèle et tout aussi tendre avec elle que Gilles autrefois, la plonge dans un abîme d'émotions fortes. Elle qui avait vengé l'indifférence de Gilles à son égard et comblé son besoin d'affection en passant de lit en lit, se révèle subitement possessive et jalouse, et cette constatation la frustre grandement. L'approche de ses cinquante ans n'est sans doute pas étrangère à son inquiétude. Tout un chacun lui assure qu'elle a encore l'air jeune, mais elle y croit de moins en moins.

Énervée et furieuse de l'être, Diane se dirige d'un pas résolu vers son tourne-disque et en arrache quasiment le bras. Ce Fauré lui met le cœur en marmelade et la longue rayure qu'elle vient d'infliger au disque n'apaise en rien son agitation.

Elle met la touche finale à sa tenue, dépose quelques gouttes de Chanel No.5 derrière ses oreilles et part en claquant la porte de la maison. Pas question d'être en retard pour ce rendez-vous important! Charles acceptera-t-il de venir s'installer dans sa belle maison, et parviendra-t-elle à le convaincre de rester dans le village plus longtemps que prévu? Elle n'ose se l'avouer, mais elle voudrait que ce soit pour toute la vie...

* * *

Assise sur une pierre tombale, anxieuse, la femme trouve une excuse plausible pour chaque minute passée à attendre Charles. Il avait dit qu'il finissait «vers» deux heures. Cela peut dire plus, c'est sûr. Peut-être est-il malade? Non, il aurait téléphoné. Fatiguée et tendue, Diane rebrousse chemin à quatre heures du matin, peu désireuse qu'un voisin matinal l'aperçoive en *sexy* costume de sorcière.

* * *

Le rêve de l'été idéal de Simon s'effrite un peu plus chaque jour. Après le départ précipité de Charles, c'est lui qui a subi, malgré lui, la mauvaise humeur de son patron. De plus, il doit continuer d'animer les soirées au Bobby Bar et à la discothèque. La rumeur, voulant que la discothèque de l'hôtel Jacques-Cartier soit l'endroit où il faut être vu, raréfie la clientèle au Renaissance. Ne viennent que les plus âgés et quelques touristes désargentés qui n'ont pas les moyens de se payer une bière à l'hôtel en haut de la côte, où elle coûte trois fois plus cher. Simon peine de plus en plus à garder son enthousiasme et son travail s'en ressent.

Même madame Saint-Onge a remarqué qu'il lui rend de moins en moins visite. Une seule fois elle a tenté, sur un ton amical, de lui demander s'il avait des nouvelles de son ami, et le regard noir qu'il lui a alors lancé l'a découragée de s'en informer une autre fois. Elle n'osait pas non plus l'affronter, et peut-être même l'humilier, en lui révélant qu'elle savait de quelle façon il arrondissait ses fins de mois. Tout se sait dans ce village!

Lorsqu'il se présente enfin à sa porte, elle s'empresse de l'occuper, prétextant un mal de dos. Elle lui demande de sarcler et de désherber son jardin, et ensuite d'y cueillir des herbes aromatiques. Il évacue ainsi son stress et convient avec elle que c'est un été splendide. De retour à l'intérieur, elle fait mine de se rappeler soudainement quelque chose et lui rapporte un livre ancien du salon.

— Tu serais pas un descendant du ramancheur, des fois? Flavien Boily, ça te dis-tu quelque chose? Je l'ai trouvé dans ce livre de généalogie! Regarde, ici... Il a marié une dénommée Potvin, surnommée la Rougette à cause de ses cheveux roux! Et là on dit que c'était un sacré bonhomme, toujours à faire des farces, et bon ramancheur en plus de ça! Il faisait des visites, même dans les villages reculés. Sais-tu qu'avec tes cheveux et ta peau rousselée... Tu m'avais pas dit que ton grand-père avait habité dans le coin?

— Oui, mais lui, son nom, c'était Jos. Jos Boily.

— Jos Boily! Son nom me dit quelque chose... Faut dire que j'ai passé ma jeunesse à Sainte-Aubépine, je pense qu'il était décédé lorsque je suis venue ouvrir mon gîte ici... Ça me surprendrait pas qu'il te reste de la famille quelque part dans l'coin.

* * *

Le soir même, Simon se fait accoster abruptement, en face de la porte d'entrée, alors qu'il passe du Bobby Bar à la Salle Giroux.

— C'est-tu vrai, la rumeur? Dis-moi que c'est pas vrai, pis qu'y travaille encore ici!

— Madame Tanguay... Euh, Diane! Qu'est-ce qui se passe?

Depuis qu'il avait passé son test, il n'avait pas souvent croisé cette femme. D'ailleurs, il croyait que sa popularité était surtout attribuable aux deux commères qui l'avaient surpris dans la salle de bains.

Échevelée, l'œil mauvais, Diane semble hantée. Elle serre le bras de Simon et approche son visage du sien. Son haleine est fortement avinée.

— Maudit Charles! Y peut pas être parti travailler en haut, subitement, comme ça! Dis-moi que c'est pas vrai, han? C'est rien qu'une rumeur, han?

Désarçonné, Simon acquiesce et lorsque Diane éclate en sanglots, les questions se bousculent dans sa tête. En bégayant, elle lance d'un trait qu'elle l'a attendu toute la nuit dans le cimetière, quelques jours plus tôt, qu'elle ne comprend pas, il était si doux, si affectueux, si passionné aussi! Chaque fois, c'était si simple, si naturel, s'est-elle trompée à ce point? Elle voudrait tant qu'il lui parle, qu'il lui explique, qu'est-ce qu'elle a pu faire pour lui déplaire?

Elle? C'est d'elle dont Charles voulait se débarrasser?

Soudain, elle s'éloigne de Simon et fonce en courant vers la salle Giroux.

— Y doit être encore ici pis y s'fait *cruiser* par une autre! C'est pas supposé! Y a personne d'autre qui a le droit d'y toucher! CHARLES! CHARLES!

Simon tente de l'empêcher d'entrer dans la pièce, mais il est trop tard, la femme a tôt fait d'apostropher les danseuses en les accusant toutes d'avoir aguiché son amant et de le cacher dans une des chambres du Renaissance. Elle en bouscule quelques-unes, son pied heurte la petite scène et elle s'affale en travers des tables tournantes. Simon n'ose imaginer l'estafilade qui vient de détruire son disque de Cindy Lauper. Deux touristes suédois s'élancent pour rattraper l'équipement qui vacille, une des caisses de son frappe lourdement le plancher. Attirés par le brouhaha, les clients du Bobby Bar accourent en étirant le cou, monsieur Giroux sur leurs talons. Armande s'avance vers Diane.

— Ah ben maudite marde! La Tanguay qui nous a menti! Le grand slaque qui valait pas cinq cennes sur un matelas, hein? Un grand flanc-mou qui fourre comme un pied, qu'a disait! C'était dur à croire, y est tellement cute! Que c'est qui t'pognes cette année? T'es en amour? Tu nous laisses le p'tit, pis tu t'accapares le grand? J'ai mon voyage!

Armande fait un clin d'œil au rouquin, catastrophé.

— Prends-le pas mal, mon beau Simon.

— T'es rien qu'une JALOUSE! Parce que tu l'sais que t'es ben trop PICHOU[7] pour les essayer la première!

---

7 Laide.

— Pis toé, tu commences à plisser, ça fait que là, tu pognes les quételles[8]?

Diane rugit et les deux femmes s'élancent pour se prendre aux cheveux. Gilles et monsieur Giroux ont le même réflexe: ils se placent vivement entre elles en écartant les bras. En un éclair, Diane revoit Gilles dans sa jeunesse et elle se jette dans ses bras en pleurant. Il fait un signe rassurant à son patron et l'entraîne dehors. Armande affiche un petit air satisfait, rajuste son chemisier et retourne dignement au piano-bar.

Les clients sortent à leur tour, les conversations vont bon train. Plusieurs décident d'aller continuer la fête à l'hôtel Jacques-Cartier. D'autres touristes regagnent leur chambre. La morosité est palpable. Simon, humilié, n'en revient pas que tout le monde ait été témoin de cette altercation, surtout que personne ne semble surpris du petit commerce dont il est l'objet. Il remonte se changer au grenier, noue sa mince cravate de cuir, renonce à dompter ses flamboyantes mèches et décide d'aller confronter Charles une fois pour toutes. Son ami a trop changé en si peu de temps. Est-ce la drogue? Ils devront bientôt retourner à Montréal et Simon ne sait plus quoi dire aux parents de Charles lorsqu'ils appellent pour prendre des nouvelles. Manifestement, ce dernier est complètement dans sa bulle, au sommet de la montagne.

* * *

Coke, musique et femmes: Charles est au paradis, il peut se faire une ligne à tout moment dans la soirée! C'est vrai que son vice lui coûte très cher. Son fournisseur est

---

8 Pogner les quételles: expression régionale signifiant avoir peur.

gourmand, mais le jeune homme préfère reléguer ces considérations dans le fond de son cerveau. Pour l'heure, la soirée est déjà bien amorcée. Bandé quasiment en permanence, le jeune homme pourrait donner l'impression de souffrir de satyriasis, mais c'est la drogue qui lui donne un sentiment d'euphorie perpétuel. Il regarde d'un œil concupiscent les corps qui ondulent sur la piste et imagine quantité de scénarios érotiques.

Simon erre un peu dans l'immense hall d'entrée, où une imposante cheminée, surmontée d'une tête d'orignal accrochée au croisement de deux carabines de chasse, donne le ton de la décoration. Manifestement, on veut donner l'impression au visiteur qu'il est reçu dans un chalet haut de gamme. D'ailleurs, un valet obséquieux s'approche de lui et s'incline.

— Je peux vous être utile, monsieur?

— Je cherche un de mes amis qui travaille ici: Charles Dulac.

— Monsieur doit alors se rendre à la discothèque. Par ici, je vous prie.

Ils longent un couloir qui débouche sous un dais illuminé, et un tapis rouge conduit à une antique porte de prison.

Wow! Quelle armoire à glace!

Le cerbère chargé de vérifier l'âge de ceux et celles qui veulent pénétrer dans la discothèque impressionne les hommes et éblouit les femmes. L'atmosphère festive enveloppe le nouvel arrivant. La pièce est bombardée d'éclats lumineux. Des néons aux couleurs changeantes longent l'arête des murs. L'œil exercé du rouquin repère le système d'éclairage à la fine pointe de la technologie, des *spinners* comme il rêve d'en avoir depuis toujours, des spots inter-mittents, un stroboscope puissant, des *black lights*... À vue de nez, c'est un lieu de travail fabuleux!

La cabine du D.J., surélevée, semble accrochée au mur. Le verre épais dont elle est constituée est givré sur sa pre-mière moitié, dissimulant à la vue les équipements. Le reste de la paroi vitrée est à peine teinté. Le maître d'œuvre a ainsi une vue d'ensemble sur les danseurs et peut mesurer l'effet de ses enchaînements musicaux. Tout le monde se trémousse les bras en l'air sur une pièce que Simon peine à identifier. Il connaît pourtant cette voix...

Maybe you're just like my mother
she's never satisfied
Why do we scream at each other?
This is what it sounds like when doves cry

Prince and the Revolution! *Un nouveau disque?*

Simon se rend bien compte du rattrapage qu'il aura à faire à son retour à Montréal et doit reconnaître que Charles a de la chance de disposer des tout derniers *hits*. La pièce musicale est irrésistible et il se trémousse un peu dans l'ombre. Son oreille est heurtée par une série de *scratchs* qui lient la chanson à la suivante, comme si Charles avait accroché le disque par inadvertance. Simon fouille sa mémoire; il a déjà entendu ce son. Oui, c'était au mois d'avril où ils avaient assisté tous deux à une compé-tition *break dance* au Paladium. Les D.J. massacraient les aiguilles en malmenant le bras de leur table tournante, créaient de la distorsion en jouant sur les platines avec leurs mains... Charles aurait-t-il décidé d'importer cette mode bizarre dans Charlevoix?

Le rouquin sourcille en entendant la pièce suivante, une

de ces pièces cochonnes, utilisées par tous les D.J. à un moment ou à un autre, car elle dure seize minutes dans sa version originale! Seize minutes essentiellement instrumentales, avec, sur fond de violons, de cuivres, de congas et de batterie, des gémissements et des soupirs propres à éveiller la libido d'un mort. Très utile pour aller aux toilettes ou manger un morceau.

Ce bon vieux Cerrone, une chance qu'il a composé ça! Est-ce que Charles va sortir pour fumer?

Simon se faufile entre les danseurs, qui ont instinctivement adopté des postures lascives. On sent que, pour plusieurs, la nuit sera chaude et pleine d'hallucinations! Le jeune homme s'étonne tout de même d'assister à des *shotguns*[9], de voir des jeunes penchés sur le fourneau d'une pipe à hash et d'autres gober des pilules colorées, au vu et au su de tous. Ce ne serait jamais toléré au Renaissance!

La silhouette de Charles reste immobile au fond de la cabine. La tête rejetée en arrière, les yeux fermés, il semble sous l'effet d'une quelconque saloperie. Alarmé, Simon sent son cœur battre plus vite.

Mon chum n'a pas l'air dans son assiette!

Parvenu à la cabine, il avise un petit escalier dissimulé. Par la porte entrouverte, il distingue une paire de jambes. Il s'avance un peu plus. Une superbe blonde est agenouillée devant Charles et le gratifie d'une intense fellation! Les mains du jeune homme sont plongées dans le décolleté de la dame et Simon aperçoit clairement les rebonds de la chair laiteuse de la fille. La blonde tient fermement la longue tige de Charles et la lèche comme la plus délicieuse des sucettes

---

9   Manière de partager un joint de cannabis en soufflant la fumée dans la bouche d'un vis-à-vis.

en sucre d'orge. Simon recule et s'étale de tout son long, ayant oublié qu'il se trouvait sur une marche étroite. De vraies jumelles, rieuses et légèrement soûles, s'approchent du rouquin.

— *Are you alright?*

Sonné, Simon fait un signe de tête, mais elles l'attrapent par les bras et l'amènent dans une sorte de petit salon adjacent, où de moelleux divans accueillent deux couples influencés par ce vieux *hit* des années 1970 et qui s'embrassent à pleine bouche. Simon se rappelle avoir souvent fantasmé sur la fille nue de la pochette et se rend compte que toute cette situation l'a émoustillé. Les deux sœurs ne perdent pas de temps! La braguette du jeune homme s'ouvre comme par magie et son membre encore mou ne tarde pas à relever la tête sous la caresse de l'une d'entre elles. La main experte de l'une des filles l'enserre juste assez pour que la peau monte et descende tout en douceur. Il ignore que pour une femme, avoir ce bâton de chair dans la main est très excitant! La gangue chaude et mouvante dont elle sent la force, le gonflement du gland dont elle éprouve des doigts la surface soyeuse, tout en l'enduisant de sa propre lubrification urétrale, tout ceci lui procure une telle sensation de pouvoir!

Pendant ce temps, la deuxième jumelle se dénude jusqu'à la taille et s'agenouille sur le divan, à côté de Simon, la poitrine à la hauteur de son visage. Il y plonge le nez illico, apprécie les caresses qu'elle lui prodigue sur le cuir chevelu, pendant qu'il frôle ses joues sur les jolies poires douces comme de la soie. Subitement, la fille se relève, achève de se dévêtir, grimpe debout sur les coussins, les pieds de chaque côté des cuisses de Simon. Elle approche son bassin du visage du rouquin et appuie une jambe sur le dossier du meuble. Dans le clair-obscur, un mignon buisson pâle ondule sous son nez au même rythme que l'interminable succès disco. Le garçon n'a pas besoin de baisser la tête pour imaginer l'autre jumelle, toujours à ses pieds, qui baisote sa verge enflée. Il empoigne solidement les fesses qui sont à sa portée et enduit de salive les chairs palpitantes en laissant sa langue toute molle. Il finit par sentir le clitoris bien dur et le lape à petits coups plus rudes, puis le fait tourner sous sa langue, pendant que ses mains flattent, palpent et écartent les fesses pour caresser le pétale de rose. L'atmosphère est électrique. Plus Simon se fait sucer, plus il mange fougueusement la fille, aspire le bouton en le faisant vibrer et lui emprisonne les hanches. Il ne remarque pas que derrière le divan se sont faufilés d'autres candidats à la débauche, dont un homme qui s'occupe activement des mamelons délaissés de la belle jumelle, alors que sa propre compagne, à quatre pattes, a englouti sa verge en lui massant les bourses. Ce faisant, elle se laisse délicieusement embrocher par un volontaire qui a suivi l'action depuis le début en se masturbant.

Le pénis de Simon se fait torturer de délicieuse manière. Dès qu'il semble prêt à éjaculer, la coquine pose un doigt sur l'ouverture et presse un peu. Lorsqu'elle le retire, le méat baille un peu et un filet blanc s'en échappe. Elle repose son doigt et le retire encore, et c'est ainsi que, petit à petit, Simon éjacule en ressentant un plaisir indescriptible! Des gémissements lui font écho et se mêlent à la musique. Le rouquin sent sa bacchante jouir sur sa langue au moment où ses forces le quittent. Lentement, les couples se défont. Les jumelles l'embrassent chacune leur tour et repartent en riant vers la piste de danse. En dépit du tumulte ambiant, Simon s'endort sur le divan.

À la fin de soirée, croyant avoir affaire à un homme ivre mort, le cerbère le relève sans ménagement. Simon sursaute.

— Lâchez-moi!

— C'est fermé, monsieur, il faut quitter les lieux.

— Je suis venu voir mon ami Charles. Le disc-jockey.

— CHARLES! VIENS DONC VOIR PAR ICI!

Abandonnant momentanément le rangement de ses disques, Charles se dirige vers le petit salon.

— Simon? C'est correct, Rodrigue, je m'en occupe… Simon! Qu'est-ce tu fais ici? T'es venu m'espionner, hein?

— Rien de tout ça, Charles, calme-toi! Je suis venu te parler. Tu travailles trop ou quoi? Tu trembles don' ben!

Embarrassé, Charles demande à Simon de patienter, le temps de fermer l'endroit. Ce qui leur donne à chacun le temps de reprendre contenance.

Je ne partirai pas d'ici sans une bonne mise au point, songe Simon.

J'ai presque pus d'poudre, j'en ai besoin tout de suite, faut que j'trouve un moyen pour que Simon s'en aille, se dit Charles.

L'air décidé et sérieux de Simon décourage Charles, qui finit par lui proposer de lui faire visiter sa chambre. En foulant les couloirs et les escaliers recouverts de tapis épais couleur crème et bourgogne, Simon ne peut s'empêcher de comparer l'établissement avec celui qui l'attend à son retour. Pour masquer son trouble, Charles inonde son ami d'une logorrhée de détails futiles sur l'histoire et la décoration de l'hôtel. Au deuxième étage, ils déambulent dans un couloir majestueux, dont les appliques de bronze diffusent une douce lueur rassurante. Ils s'immobilisent devant la chambre deux cent huit; Charles exhibe une élégante clé dorée. Simon siffle.

— Quel palace! J' vais avoir de la misère à retourner au Renaissance après ça!

Charles rit pour la forme et fait un clin d'œil à son ami.

— Installe-toi, prends le temps de regarder tout ça, la t.v. est là, avec le convertisseur de câble.

— Le quoi?

— La boîte brune avec les pitons, là… C'est pour changer les postes.

Simon examine la boîte Jerrold dont les numéros se rendent jusqu'à trente-sept.

— Voyons donc! Trente-sept postes de télévision!

Charles enchaîne rapidement:

— Euh… j'avais euh… un p'tit rendez-vous, mais ça sera pas long… Tu sais ce que c'est, hein… j'avais pas prévu ta visite… Mais sauve-toi pas, je reviens bientôt!

Pincez-moi quelqu'un! Je viens de le retrouver pis y me plante là pour aller faire autre chose? C'est pas Charlot, ça, voyons donc!

Dès que Charles tourne les talons, son ami le suit le plus discrètement possible. Lorsqu'il pénètre dans un minuscule ascenseur au bout de l'allée, le rouquin arrive devant, juste à temps pour voir que le grand blond se dirige vers le cinquième étage. Pour ne pas attirer l'attention, il choisit de prendre l'escalier de service. Surprise! Celui-ci se termine au quatrième étage. Divisé en suites de luxe, le dernier étage de l'hôtel est réservé aux chefs d'État et aux célébrités de passage. Pour actionner le bouton du cinquième, ces riches clients doivent connaître un code secret, sinon l'ascenseur bloque au quatrième.

Simon se sent comme une souris dans un labyrinthe.

Quel est le sésame qui lui donnera accès au cinquième? Prudemment, il sonde les portes les unes après les autres. La chambre quatre cent cinq est inoccupée. Le garçon l'examine attentivement. Son attention se porte sur l'escalier de secours qui se profile sur le mur extérieur. Il sort par la fenêtre, et avec mille précautions, accède à l'escalier de métal qui tremble à peine sous son poids. L'accès de secours, jamais verrouillé, débouche derrière les rideaux d'une élégante bibliothèque, déserte à cette heure. Sur la splendide porte sculptée de l'un des appartements luit une élégante plaquette de cuivre: Michel Giroux, président-directeur-général. Simon a un pressentiment. Il s'accroupit, tourne doucement la poignée et se retrouve dans un grand salon. Une voix basse et onctueuse provient de la pièce adjacente.

— Tu devrais faire attention, Charles. Je veux bien te fournir, mais imagine la tête des touristes si tu t'étais mis à saigner du nez dans ta cabine...

— Non, non, tout est sous contrôle! Vous avez vu, à soir, comment ça décollait?

Le rouquin s'avance en tapinois. Il évalue la distance entre lui et le lit. Le couvre-pied frôle le sol, c'est parfait. Les deux hommes discutent près d'une immense table à plateau de verre épais, au fond de la chambre. Aussitôt qu'ils ont le dos tourné, Simon s'engouffre sous le sommier en remerciant l'inventeur du tapis épais et rampe jusqu'à la tête du lit, d'où il a une excellente vue sur cet étrange entretien. Michel Giroux écarte d'un geste large le téléphone dernier modèle Touch-Tone et quelques documents, pour mieux appuyer ses fesses contre le rebord du meuble. De la main droite, il tient un verre de scotch dans lequel flotte un gros glaçon. Simon se trouve ridicule, et il est tendu. Cet homme est à peu près de sa grandeur, mais il a une panse impressionnante, et de surcroît, il est chauve. Devant lui, Charles, tête baissée, se pince le nez et tient dans l'autre main un mouchoir écarlate. Le rouquin sent qu'il va bientôt pouvoir résoudre plusieurs énigmes.

Michel Giroux se redresse et prend une lampée de l'ambre liquide. Son visage est rond et lisse, ses yeux sont légèrement déformés par d'épaisses lunettes et un mince trait lui tient lieu de bouche.

— Michel... tout va bien, j'vous le dis! Je... si ça vous dérange pas, j'aimerais prendre mon *stock* et partir parce que... ben, parce qu'y faudrait que je dorme un peu!

Une espèce de sourire vient tordre la bouche du visage rond de l'homme.

Il fouille dans son tiroir central et en extirpe trois petits sachets de poudre immaculée. Charles étend le bras, mais monsieur Giroux saisit son poignet.

— Oh! non, mon joli. Ça se paye, cette collation, tu le sais bien!

Charles est nerveux. Simon va sûrement s'impatienter dans la chambre!

Le gros homme retire sa chemise et dévoile des mamelons anormalement longs, du moins du point de vue de Simon. Il laisse ensuite tomber son pantalon, puis son slip. Simon remarque que l'homme s'est rasé la région génitale et trouve qu'il a l'air d'un gros bébé.

— Envoye, mon beau! Déshabille!

La voix a perdu de son onctuosité et laisse transparaître une fébrilité grandissante. Charles obéit avec une docilité qui choque son ami. Monsieur Giroux lui prend la main avec douceur et lui remet un objet cliquetant. De plus en plus perplexe, Simon ressent de l'angoisse. Il n'aime pas ce qu'il voit ni ce qu'il anticipe. Il voudrait fuir, mais la peur d'être découvert le fige sur place. Charles déroule la chaînette, s'agenouille et soulève le pénis un peu court de l'homme. Il caresse les testicules l'un après l'autre, enserre le membre encore flasque et étire ensuite la chaînette vers les mamelons, qu'il emprisonne chacun d'une pince métallique. Par réflexe, Simon pose sa main sur son torse en grimaçant. L'homme saisit un des petits sacs, macule le bout de son doigt humidifié d'un peu de poudre. Charles se laisse badigeonner les gencives et suce le doigt d'une manière suggestive.

— C'est d'la bonne, hein… Sers-toi!

Il tend un billet de cent dollars que le jeune homme s'empresse de rouler. Penché sur le bureau, occupé à tracer de belles lignes avec un petit coupe-papier, Charles ne se préoccupe plus de son bienfaiteur qui caresse ses hanches étroites. L'homme ressent la morsure des pinces et son excitation monte d'un cran. Des deux mains, il malaxe les fesses maigres de Charles et ses cuisses nerveuses, remonte vers son ventre dur et chatouille agréablement son torse glabre. Il se penche vers lui et lui débite à l'oreille un florilège de compliments et de mots doux. Concentré, le jeune homme renifle sa deuxième ligne. La coke met tous ses sens en émoi et les mains qui le palpent allument un peu partout des foyers de désir. Il laisse échapper un gémissement non équivoque.

Simon se crispe et ne s'aperçoit pas que des touffes du tapis lui resteront dans les mains. Il maudit le plateau de verre qui ne lui cache rien. Il ferme les yeux et se concentre pour ne pas vomir. Il ne veut pas voir son ami en transe, affalé à plat ventre sur le bureau, les bras en croix, le corps totalement disponible.

La main contourne la hanche osseuse de Charles et empoigne son fin pénis. Le grand blond ponctue chaque geste de lamentations qui rendent le PDG fou de désir. Il le masturbe un moment, appréciant l'élasticité de sa peau veloutée, et de l'autre main, caresse les longs cheveux et la nuque de son amant.

— Continue par toi-même, j'adore quand tu te fais plaisir!

Obnubilé par les sensations puissantes qu'il ressent, le jeune homme secoue à son tour sa verge et songe qu'il pourrait bander toute la nuit! Quelque chose de chaud et d'humide écarte ses fesses de haut en bas et de bas en haut, traçant un chemin rapidement lubrifié. Instinctivement, le garçon écarte les jambes davantage. Le membre court et large de son patron force tout doucement son anus, y pénètre de quelques millimètres, se retire, parcourt de nouveau le sillon, revient s'appuyer sur la rosette et s'y introduit encore un peu plus. Le manège érotique déclenche chez Charles une série de soupirs profonds qui éprouvent vivement le *self control* de l'homme, dont les mamelons tendus subissent une délicieuse torture. Après plusieurs allers-retours, il lui tarde de s'encastrer dans ce corps souple et si réceptif. Michel Giroux se penche, couvre le dos pâle de Charles de baisers fiévreux, tandis que les muscles du jeune homme l'aspirent et font monter en lui un plaisir indicible. Il l'enlace, colle sa joue entre les omoplates saillantes et éjacule à grands coups brefs.

Un bref moment de silence incite Simon à ouvrir les yeux et, consterné, il aperçoit Charles, dont la main s'agite sous la table de verre. Monsieur Giroux se retire, dégage sa précieuse chaînette et la laisse choir sur le tapis. Son sperme forme un long filet jusqu'au sol, mais l'homme n'en a cure. Il contourne le meuble, plonge deux doigts dans son verre et fourre le glaçon dans sa bouche avant de s'agenouiller et d'engager son corps replet sous son bureau.

Doucement, il écarte ses doigts fins et enduit le gland turgescent de salive tiède avant de laisser courir sa langue sur toute la longueur de la verge dressée. D'une main, il malaxe les testicules de Charles, de l'autre, il maintient le membre du jeune homme pour mieux le faire cohabiter dans sa bouche avec la glace. L'effet est fulgurant!

Contre sa volonté, Simon se sent émoustillé de découvrir cette pratique et un bref instant, il imagine qu'une femme lui fait la même chose.

Le rouquin doit rester tapi dans sa cachette plusieurs minutes après le départ de Charles. Ce n'est que lorsqu'il entend le jet de la douche qu'il regagne l'escalier de secours. Sans réfléchir, il en dévale toutes les marches, comme si le diable était à ses trousses. Une fois engagé sur la route qui descend vers le village, un nœud se desserre dans son œsophage et il déverse son trop-plein dans le premier buisson venu.

Charles ne s'étonne pas de trouver sa chambre vide. Il hausse les épaules et recommence à saigner du nez.

* * *

L'atmosphère se dégrade de jour en jour au Renaissance. Lorsque Ron fait une pause, Gilles se tourne désormais vers la radio et choisit un poste au hasard. Dans ce coin, il n'y en a pas beaucoup et le country est à l'honneur. Simon anime les soirées de quelques jeunes couples désargentés qui viennent se changer les idées pendant leur semaine de camping. À plusieurs reprises, la fin du contrat arrivant sous peu, le jeune homme est allé rôder autour de l'hôtel Jacques-Cartier pour tenter de revoir Charles hors des murs de l'établissement. Un soir, il a failli sortir de l'ombre lorsqu'il l'a vu surgir par une porte de service. Mais il était accompagné de Michel Giroux et les deux ont tiré une ligne sur le capot d'une voiture. La scène lui en rappelle soudainement une autre: si Charles lui avait paru si euphorique avant de voir une femme se jeter à son cou, c'est qu'il venait tout simplement de se trouver un fournisseur! Et la femme qui l'attendait, c'était Diane, trop amoureuse déjà pour prendre des précautions!

Simon se trouve de plus en plus naïf et sa libido s'en ressent. Il a sciemment négligé de composer un numéro apparu ce soir dans une de ses poches de veste. Et la nuit dernière, il a eu du mal à honorer une gentille dame pourtant pleine de patience et de persévérance. Au moins, elle a ri lorsqu'il a mis la faute sur la décoration très floridienne du motel où elle lui avait donné rendez-vous! Il s'est repris en lui proposant un soixante-neuf coquin. Étendue sur le côté, la dame avait les nichons bien rapprochés et Simon avait faufilé sa verge entre les deux. Pendant qu'il s'emprisonnait la tête entre les cuisses tendres de la femme pour la gamahucher ardemment, elle tenait ses seins pour qu'ils maintiennent son pénis dans un étau chaud et fort excitant. De soupirs en tressaillements, la sève a fini par monter et s'est répandue sur la peau rose de la dame.

Quand même, ce demi-échec inquiète Simon, surtout qu'une rumeur favorable court au sujet d'un jeune Suisse qui vient d'arriver à Cap-Espérance, à environ quinze minutes de là. Beau, brun et bien bâti, il a une vraie gueule de mannequin, des lèvres charnues et un regard perçant. Cet entraîneur de tennis pourrait bien lui faire de l'ombre!

Gilles lui fait part des ragots qui parviennent à ses oreilles et affirme que Diane Tanguay est déjà sur son cas!

— Tiens, elle s'est remise de sa peine d'amour? ironise le rouquin.

— Ne ris pas avec ça. C'est ma faute, du moins en partie. J'ai toujours su qu'elle était amoureuse de moi, mais j'ai une peur bleue de l'engagement. Dans mon métier, tu vois… J'ai encore pas mal de propositions et les belles touristes me font encore chavirer. Je l'aurais rendue malheureuse de toute façon. Tu sais, dans mon jeune temps, je ressemblais pas mal à Charles…

— Et qu'est-ce qu'il vient faire dans le coin, le prof de tennis?

— Entraîneur professionnel, je viens de le dire! Il va travailler avec la p'tite Rousseau, des Rousseau proches du fleuve, à Cap-Espérance. Depuis que la jeune Steffi Graf a gagné en démonstration aux Jeux olympiques l'autre jour, eh bien, paraît que toutes les petites douées de la raquette s'engagent un entraîneur privé. Sa famille possède tous les salons funéraires de la région, alors pour le fric, c'est pas un problème!

Simon songe avec amertume que son règne achève. Il sait bien qu'aussitôt que ce bellâtre ira explorer la région et viendra frapper quelques balles sur les courts du Jacques-Cartier, les louves vont s'amener avec leurs raquettes! Le rouquin se sent déprimé. Cet été l'aura fait vieillir de cent ans! Vivement le retour à Montréal.

* * *

Robert Giroux rôde comme un lion en cage et multiplie les appels téléphoniques.

— Simon! Viens icitte une ménute!

— Oui?

— Simon, j'ai eu une idée. J'ai jâsé pas mal avec un des proches de not'député, pis y m'a raconté des choses assez intéressantes. J'vas organiser une soirée spéciale. Si ça marche, j'vas faire pâs mal d'argent, pis toi aussi, si t'embarques, ben sûr! Pour le moment, c'est *top secret*, mais prévois que jeudi soir prochain, on aura pas de soirée icitte, on va avoir une réunion. J'aimerais que tu y sois.

— Je veux bien vous aider à l'organiser, mais je ne vous promets absolument rien pour le reste. Vous savez que mon contrat achève.

Monsieur Giroux se donne un air important et conspirateur. Simon n'est pas certain de vouloir embarquer dans ses combines.

* * *

Le jeudi suivant, Gilles et Edmond finissent de placer huit chaises dans la grande salle, devant un chevalet. Simon vérifie si le micro fonctionne, même s'il trouve l'idée ridicule. Huit personnes dans cette salle, ça ne justifie pas l'utilisation de l'amplification! Gilles retourne s'occuper du bar et Edmond fait la tournée des toilettes avec une provision de papier hygiénique sous le bras. Monsieur Giroux accroche une plaquette sur la porte, sur laquelle on peut lire: **Soirée privée.**

Peu après vingt et une heures, Simon voit défiler le patron du Chalutier, les sœurs Morel, Nancy Boily, propriétaire d'un salon de coiffure, monsieur Martel, retraité, et Michel Giroux! Habillé comme un prince, saluant les gens à gauche et à droite dans un langage châtié, le PDG jette un œil intéressé du côté du rouquin. Mal à l'aise, celui-ci tente de l'éviter, mais Robert Giroux arrive derrière lui et le prend par les épaules en l'entraînant.

— Simon! Rencontre donc mon frère Michel, le fameux propriétaire du chic hôtel d'en haut! Si y avait pas eu une piasse à faire icitte, on l'aurait pas vu, han? Tu serais pas descendu pour rien dans le p'tit peuple, han, mon Michel? Tu sais, t'es pas obligé de parler l'bec en trou d'cul icitte. On a été élevés ensemble, j'te rappelle. La belle-sœur est pas avec toé?

— Ma femme viendra plus tard. Tu sais, mon Robert, pour sortir de la vase, il faut savoir se hausser au niveau de la clientèle qu'on choisit.

— Se hausser! Entendez-vous ça? Ouais, ben en attendant, tu m'as volé un de mes poulains, pis ça, je l'prends pas. Tu m'as mis dans marde avec ça!

— Les affaires sont les affaires, Robert. Ce n'est pas à toi que je vais apprendre ça! Et puis toi, Simon Bouchard... J'ai beaucoup entendu parler de toi, mon garçon. Enchanté de te rencontrer.

Le ton des deux frères est acerbe. Incapable de parler, Simon serre la main mollasse du PDG avec dégoût.

— Au fait, Robert, Ghislaine va venir avec ta femme.

— Maudit Michel! Tu fais toute pour m'écœurer, coudon? Tu le sais que j'aime pas que ma femme mette les pieds icitte...

Michel Giroux s'éloigne avec un petit sourire satisfait, puis se retourne à demi.

— T'auras juste à te retenir de sauter sur... comment s'appelle-t-elle, déjà? Momo? J'espère pour toi qu'elle baise aussi bien que dans son jeune temps! Comme tu disais tantôt, mon Robert, on a été élevés ensemble, alors tu ne peux rien me cacher.

Pendant que Robert Giroux retourne installer un chevalet et essaye avec impatience d'y faire tenir une pile de grands cartons blancs, son frère s'approche en douce de Simon qui s'apprête à battre en retraite vers le piano-bar.

— Ne te sauve pas comme ça, jeune homme! Laisse-moi t'offrir un verre, au moins! Et puis… Nous avons, toi et moi, un ami en commun!

— Si vous voulez parler de Charles, je vous le laisse. Je ne le reconnais plus depuis qu'il est arrivé ici! Il est toujours drogué jusqu'aux oreilles, méfiant, agité… Je me demande bien qui le fournit, hein?

Monsieur Giroux s'amuse de l'agressivité qu'il sent poindre dans les propos de Simon.

— Est-ce que le beau Charles t'aurait parlé de son travail?

Simon serre les poings.

— Non! Je vous ai vu *sniffer* de la coke avec lui dans le stationnement de votre hôtel!

— C'est tout? Qu'est-ce que ça prouve? Que j'ai un petit vice? Une ligne de temps à autre, c'est tout. Ne t'en prends pas à moi si Charles ne sait pas se contrôler!

Le rouquin essaie de mesurer ses réactions. La voix onctueuse de son vis-à-vis l'énerve prodigieusement, mais il n'a pas envie de causer un scandale ce soir. D'autorité, Michel Giroux commande deux scotchs à Gilles avec un glaçon chacun et tend un verre à Simon. La voix amplifiée de Robert Giroux les ramène dans la salle. Il leur fait signe de fermer la porte derrière eux. Le garçon attend de voir où s'assoit Michel Giroux et se dirige du côté opposé.

Son patron présente un plan très simple en dessinant sommairement un organigramme représenté par des rectangles. Il veut fonder un club d'investissements. Sans risques et sans mises de fonds! Un brouhaha sceptique se fait entendre Monsieur Giroux écrit dans le rectangle du haut: *Président*. Ensuite, *deux V.P., quatre directeurs*.

— On a, icitte, sept parsonnes, huit si Simon se décide, mais pour l'instant, je le compte pas. Bon. Mettons que chus le Président. À nous sept, y faut trouver huit aspirants, qui fourniront chacun mille piasses de mise de fonds. Si on compte ben, ça nous fait… huit mille beaux dollars qui vont direct au président! Sa job est faite! Ensuite, qu'est-ce qu'y a en dessous? Les deux vice-présidents qui deviennent présidents à leur tour, les directeurs deviennent les V.P., pis nos aspirants recrutent à leur tour des gens et l'argent monte dans l'échelle de même! Si on regarde ça comme y faut, en trois générations de nouveaux membres, vous tous icitte vous êtes des présidents, pis vous repartez avec…?

Joyeusement, la petite assemblée ânonne: «huit mille beaux dollars!!»

Monsieur Giroux gribouille de vagues graphiques pour appuyer ses dires et pour démontrer comment les efforts de chacun pour trouver des aspirants seront cruciaux pour la bonne marche du club.

— C'est le principe des vases communicants. C'est simple comme bonjour!

— Monsieur Giroux… c'est bien légal tout ça?

Les sœurs Morel ont l'air soupçonneux, mais comme elles ont hérité de tous les biens de leurs parents, Robert Giroux sait qu'il doit les rassurer et il avait anticipé la question.

— Mesdames! Ben çartain que c'est légal! Y a pas de

crosse là-d'dans! C'est quèqu'un de haut placé qui m'a parlé de ce système-là. C'est ben à mode dans les grosses villes! Y en a qui se font des démonstrations Tupperwére ou des soirées de maquillage Avon, y en a d'autres qui font du porte à porte avec leurs brosses Fuller ou leurs balayeuses Electrolux, pis y en a d'autres qui se font des soirées d'investissements, pis qu'y se font du gros *cash*!

— Et où croyez-vous qu'on va trouver ces investisseurs-là? C'est pas mal d'argent, mille dollars!

— Ça, mesdames, c'est le bouche à oreille! On connaît toute des gens qui héritent, qui font de l'argent avec les touristes, y en a même qui peuvent l'emprunter, le mille piasses! Y vont en regagner ben plus! Y s'agit d'être *persuadant*, c'est toute! Pis qui c'est, de nos jours, qui veut pas faire un coup d'argent, han?

Nancy Boily s'écrie:

— Au moins, c'est du fric qui ira pas à l'impôt!

Tout le monde s'esclaffe, tous unis par une certaine complicité spontanée. Monsieur Giroux omet de préciser que le club va s'essouffler de lui-même lorsque les gens auront de plus en plus de difficulté à recruter de nouveaux investisseurs. Et là, les derniers arrivés perdront leur mise. Monsieur Giroux aura entre-temps empoché son magot, il aura divorcé, vendu son hôtel et sa maison, et quitté la région. La Floride à plein temps, ça lui fait envie depuis longtemps.

Les conversations sont animées. Simon ne s'y mêle pas, convaincu qu'il y a quelque chose de louche dans ce système. Ça semble trop facile. De plus, il ne peut s'empêcher de regarder Michel Giroux se pavaner dans son costume cher, avec un petit air condescendant, comme un nabab qui vient partager les miettes de sa fortune avec la plèbe. Lorsqu'il le voit se diriger vers lui, le verre vide à la main, il a de nouveau un mouvement de repli vers le piano-bar.

Maudit que chus con. Il me suit encore!

— Alors, mon ami, un autre verre? Gilles! Deux autres scotchs!

— Tout de suite, monsieur Giroux!

Le rouquin fait mine de regarder Ron s'époumoner et répond d'une voix froide:

— Non, merci. Je ne suis pas votre ami. Je ne veux surtout pas m'acoquiner avec un homme comme vous. Je... je sais plusieurs choses.

Le visage lunaire du PDG se glace. Simon ne peut s'empêcher de revoir cet homme nu et enchaîné. Michel Giroux se penche vers lui, sa voix basse gronde comme une menace.

— Fais bien attention, jeune homme. Si jamais tu veux me faire du trouble, fie-toi sur moi que tu ne trouveras plus aucune femme pour arrondir tes fins de mois, t'entends? Pis je ne suis pas certain que mon frère aimerait savoir que tu te laisses sucer par sa femme...

Simon fait demi-tour. Ses joues rubicondes le trahissent instantanément. Monsieur Giroux lui met un verre dans la main et y cogne le sien. Un sourire de grand requin blanc fend le visage dodu du PDG. Dans le hall d'entrée du Renaissance s'élèvent des rires féminins. Michel Giroux se dirige vers la porte.

— Par ici, mes jolies! La réunion achève!

Simon fait un pas vers Ron, une main ferme retient son bras.

— Justement, Simon, j'ai des gens à te présenter!

— Ah! te voilà, mon chéri!

— Simon, je te présente ma femme, Sylvette.

La dame lui tend le bout des doigts de sa main droite en rosissant légèrement.

— Enchantée de te connaître! J'ai beaucoup entendu parler de toi! De ton travail ici, je veux dire! Et nous, nous nous sommes déjà rencontrés... Tu te souviens de moi? La cabane à sucre, j'y étais allée avec Robert. Moi, c'est Ursule.

Le rouquin tend mécaniquement la main, tétanisé. Sylvette, elle s'appelle Sylvette. Et l'autre... Cet air supérieur, cette voix rauque, l'odeur de cigarette mélangée à celle d'un parfum poudré... NON!

Sylvette prend le bras de son mari, tous trois s'engagent dans le couloir en direction de la salle Giroux. Simon l'entend dire: «En tout cas, il est pas jasant, mais le rouge lui va bien!» Le rouquin s'enfuit à toutes jambes en direction de la plage. Gilles continue d'essuyer un verre à bière avec une application feinte.

Assis sur un rocher, tenant ses jambes repliées entre ses bras, Simon tremble de tous ses membres. Il se sent fiévreux, nauséeux, complètement désorienté, nu sur la place publique! Quelque chose lui échappe. Comment se fait-il que tout le monde ait l'air d'être au courant de ses activités nocturnes? Ursule lui avait filé deux cents dollars pour l'envoyer au septième ciel, il n'avait strictement rien eu à faire. Et Sylvette, qu'il n'avait pas été capable d'honorer correctement au motel, si gentille et si aimable avec lui! Et d'ailleurs, comment réagirait-elle si elle savait que son mari s'envoie des jeunots cokés jusqu'aux oreilles? À moins qu'elle le sache déjà? Qu'elle soit son associée dans le trafic? Il y a tant de jeunes gens du coin qui occupent leurs soirées à boire et à se défoncer! Et Robert Giroux qui se comporte en poivrot, qui améliore l'hôtel par petites touches, toujours en rechignant et en essayant de rogner sur les coûts, comment se fait-il qu'il possède l'une des plus grosses maisons du village? Et lui, Simon Bouchard, que lui arrive-t-il? Pourra-t-il reprendre une vie normale après toutes ces histoires? Saura-t-il vraiment aimer une fille un jour? Le commerce de la chair a-t-il modifié pour toujours ses illusions? Saura-t-il maintenant se contenter d'une relation exclusive ou la poussée d'adrénaline que procurent les conquêtes prendra le dessus? Qu'adviendra-t-il de Charles?

Le bruit des vagues semble amplifié, le ciel couvert n'annonce rien de bon. La brise charrie de fines gouttelettes qui frigorifient le jeune homme. Le menton appuyé sur les genoux, il se transforme en statue ruisselante de larmes.

*   *   *

Le trajet lui est apparu interminable; sa mère et monsieur Duval ont été les premiers surpris de le voir arriver par autobus, deux semaines avant la fin de son engagement. Le garçon semblait dans un état second, cerné, blafard, un pauvre sourire aux lèvres. Ses propos rassurants contrastaient avec son allure, mais fine mouche, sa mère préférait attendre que son bébé lui fasse des confidences. Il avait vaguement expliqué que Charles était resté là-bas, car il avait un autre emploi.

Enfermé dans sa chambre chez Jonathan, il ressasse ses derniers moments à Baie-Saint-Hugues.

Il s'était relevé péniblement de son rocher, ignorant combien d'heures il était resté prostré. Ses membres ankylosés le faisaient horriblement souffrir. Comme un zombie, il était entré dans l'hôtel, plongé dans le noir, et il avait croisé

Gilles sur le pas de la porte, le manteau sur le dos.

— C'est fini, Gilles. J'en peux plus.

Le Beau Brummel lui avait mis la main sur l'épaule.

— Je te comprends. T'en fais pas, je m'organiserai avec Robert.

— Oublie pas de saluer Ron et Momo, ils ont été ben gentils pour moi. Et puis, j'aimerais que tu ailles porter tous mes disques au gîte Sous la couette. Madame Saint-Onge aime bien la musique, dis-lui que je vais lui écrire plus tard.

— J'y manquerai pas. Tu sais... Moi, j'ai tenu le coup parce que ça flattait mon ego et que... je sais pas... j'ai fini par m'attacher à la région, aux gens. J'ai vite compris qu'il en arriverait toujours des plus beaux, des plus jeunes... J'ai gardé quelques fidèles qui ont vieilli avec moi, disons qu'on se donne beaucoup d'affection, à nos âges. Par contre... avec ce qui s'est passé l'autre jour avec Diane, je me suis remis en question. Je pense que je devrais m'occuper d'elle un peu... qui sait?

Ils s'étaient serré la main et le garçon était monté ramasser ses affaires. Au petit matin, il s'était posté sur le bord de la route, guettant avec impatience le passage du premier autobus revenant du Nord.

— Tu t'en vas où, mon garçon?

— Montréal.

— C'est vingt piastres.

Le chauffeur avait empoché l'argent et Simon s'était frayé un chemin jusqu'au fond du véhicule, quasiment rempli à pleine capacité de familles amérindiennes trimballant leurs effets dans des sacs Woolco et Greenberg. Tout ce beau monde fumait allégrement, mangeait des sandwichs en buvant des boissons gazeuses, blaguait dans un dialecte inconnu du rouquin. Et il y avait des tout-petits partout, pleins de vie, qui criaient, qui riaient, qui couraient en tous sens!

Simon se souvient avec une douloureuse tendresse de la candeur du petit qui l'avait abordé avec un naturel désarmant.

— On va à Sainte-Anne de... de... Beaupré, voir la grand-maman de Zésus! Tu y vas-tu toi aussi? Elle fait des miracles, tu sais? Z'ai vu les biquilles sur les colonnes! Heille! T'as-tu vu mes *Hotwill*[10]? Vrrrrroummm! VROOUUUUMMM!

La route longeait le fleuve, mais comme il pleuvait encore, la brume en masquait l'immensité. Même s'il faisait mine d'être absorbé par le paysage, le petit rougeaud sur le siège adjacent se tortillait comme un ver en provoquant des collisions de voitures miniatures.

Les villages s'étaient succédé. Saint-Tite-des-Caps, Saint-Ferréol-les-Neiges, Sainte-Anne-de-Beaupré, enfin! Enfin, le silence! Simon avait pu sommeiller jusqu'à destination.

Toute la journée, enfermé dans sa chambre, le garçon feuillette les journaux pour rattraper le temps perdu en ce qui concerne l'actualité. Il s'attarde sur les publicités du Commodore, du Papineau et du Delicious, avenue Beaver, tous ces endroits et bien d'autres où on vous promet des films 18+ torrides. Cynique, il se moque de ces illustrations, de ces silhouettes aux seins pointus ou de ces photos de jeunes filles dégourdies, fixant la caméra, avec le nom du film en lettres grasses pour camoufler leur sexe et leur poitrine... Il se sent désabusé.

---

10 Hot Wheels (voiture miniature)

Les vieux disques de son frère le font pleurer. Harmonium au premier rang. Quelle tristesse se dégage de cette musique! Mais comme s'il était en peine d'amour, le rouquin se complaît à écouter ces mélodies qui lui arrachent le cœur.

Où es-tu, j'en peux pus
je ne t'entends plus, où es-tu?

Jonathan a probablement parlé à leur mère, parce que celle-ci téléphone au bout de quelques jours, et s'adresse à lui sur un ton maternel que Simon reconnaît. Le ton qui signifie: «je m'inquiète, mais je parle d'un ton léger pour que tu ne t'en aperçoives pas». Simon se sent coupable de lui causer tant d'inquiétudes, mais depuis son arrivée, il n'a le goût de rien et se verrait mal expliquer à sa mère d'où vient tout le magot qui gît encore dans son sac à dos.

— Simon? C'est maman… J'te dérange pas, toujours? Je t'appelle parce que c'est bientôt la fête d'Armand et demain, c'est le jour un dollar quarante-neuf chez Sears! J'aimerais ça lui acheter une chemise à la mode… Viendrais-tu avec moi? Jovette me dit qu'astheure, les hommes portent du rose, du carreauté sur du carreauté… Chus pas sûre qu'Armand veut porter ça, par exemple. En tout cas, viendrais-tu voir ça avec moi?

Le garçon reconnaît là une tactique familière. Il sait que sa mère le connaît bien et qu'en faisant mine d'avoir besoin de lui, il ne pourra qu'accepter de l'accompagner. Il fait donc un effort et le lendemain, il se permet même de taquiner sa mère gentiment parce qu'elle s'est «enrôlée» dans Weight Watchers.

— Si tu savais, maman, comment t'es encore belle!

— T'es fin, mon Simon! Mais c'est pas toute, ça. Faut pas que j'me laisse aller! Si tu voyais les p'tites jeunes qui rôdent autour d'Armand quand il anime des *partys*! J'ai bien l'intention de le garder pour moi le plus longtemps possible!

— Toi, jalouse?

— Bah... de la p'tite jalousie d'amour... Mais dis-moi, Simon, j'te dis que le grand air de Charlevoix t'a pas trop réussi! À te voir le teint blême de même, on jurerait qu'il a plu tout l'été là-bas!

Simon se crispe, mais madame Boily, habile, semble déjà ailleurs et se précipite vers les parfums. Il s'attendrit de l'écouter papoter, persuadé qu'il lui donne le change et qu'elle ne détecte pas sa détresse. Elle raconte à quel point elle est contente d'avoir trouvé une autre salle de danse, le Tempo.

— Et depuis que Patrick, le neveu d'Armand, — tu te rappelles? —, travaille à temps plein pour Disco Duval, mon mari peut maintenant m'accompagner plus souvent! Et en plus, il a commencé à regarder les annonces de voyage! On était tellement concentrés sur la nouvelle entreprise d'Armand qu'on n'a toujours pas fait de voyage de noces! Figure-toi donc qu'il a trouvé un forfait pour Paris au printemps, huit jours, sept nuits, l'hôtel avec salle de bains privée, le p'tit déjeuner, tour de ville, bateau-mouche, les billets de métro, tout ça pour deux cent dix-neuf dollars par personne, occupation double! T'imagines! Paris! Mon rêve!

Simon reste silencieux.

«Pis toi, Simon... ça serait quoi ton grand rêve? Avoir une discomobile toi aussi?»

— Oh! Regarde, maman! Ils vendent des gants comme ceux de Michael Jackson!

— Glitter, c'est-tu la marque, ça? Cinq et quatre-vingt-dix-neuf. C'est pas des farces, hein!

Ginette Boily continue donc de broder autour de toutes sortes d'anecdotes anodines, tente encore une question ou deux, en vain. Elle cache son inquiétude sous un enthousiasme forcé et un déluge de paroles futiles.

— Oh, ils ont déjà reçu des jouets! Franchement, l'Halloween est même pas passée! Viens, j' vais regarder juste un peu... Tu sais, mon amie Jovette est grand-mère! Ben oui! Une petite-fille... Des pouliches, c'est trop vieux pour elle; des Câlinours, c'est doux han? Touche! Mon doux! C'est donc ben laid ces bébés-là! Ah oui! C'est les fameuses poupées Bout d'chou, paraît que c'est la folie furieuse aux États. C'est donc ben cher, en plus de ça!

Simon sourit poliment, l'air absent. Pour lui, Noël c'est dans cent ans.

* * *

Pour fuir les regards inquisiteurs de son frère, Simon erre dans la ville. Au carré Saint-Louis, il s'assoit sur un banc, dos à la rue Saint-Denis. Perdu dans la contemplation des arbres qui perdent leurs dernières feuilles, il se dit que cette saison convient à merveille à son état dépressif. Immobile depuis de longues minutes, le rouquin remarque à peine la femme qui s'installe à côté de lui. Il l'entend marmonner d'une voix remplie de colère.

— Maudit Kevin à marde! C'est lui qu'y abuse des enfants pis c'est moé qui se r'trouve dans rue. Maudit Kevin à marde! L'hostie d'chien sale! Qu'est-ce que tu r'gardes, toé? FAIS D'L'AIR, GROS PLEIN D'MARDE!!

Simon sursaute. Elle engueule un étudiant qui a osé la regarder avec curiosité. Brusquement, elle se tourne vers le rouquin et sa voix s'adoucit.

«Qu'est-ce que tu brettes icitte, le p'tit renard? T'as l'air un peu perdu, j'me trompe-tu? Heille! J'te parle, hostie!

...

«Bon ben MANGE D'LA MARDE D'ABORD!»

La femme se relève pesamment, traînant un sac-poubelle qui doit contenir tout ce qu'elle possède et s'éloigne en reprenant son laïus, enragée contre un certain Kevin. Malgré lui, Simon plisse le nez lorsqu'elle passe devant lui. Pauvre femme qui sent l'urine pour se protéger des dangers de la rue comme d'autres se laissent grossir! Il se lève à son tour et marche sur les feuilles mortes. Leurs craquements lui rappellent le son des Rice Krispies, comme celui des petits cailloux de Baie-Saint-Hugues. Les passants hochent la tête, par pitié pour ce jeune, probablement drogué, qui gémit, se bouche les oreilles avec les mains, ferme les yeux et pince la bouche si fort.

Les jours de pluie, il traîne dans le métro. Il se cale l'épaule contre un téléphone noir et retombe dans sa neurasthénie. Ce jour-là, un homme basané, la mi-trentaine, semble attendre quelqu'un. Il fait les cent pas en observant Simon discrètement. Il s'allume une cigarette et s'approche.

— Je t'en offre une?

Simon s'emporte immédiatement.

— Si tu veux te faire sucer, va voir ailleurs!

L'homme lève les mains en signe de paix.

— Wo! là... On se calme! Est-ce que je t'ai demandé autre chose? Je t'offre une cigarette, c'est tout. Si t'en veux pas, pas pires amis! J'm'appelle Julio, je suis travailleur de rue... Et toi?

Le rouquin le regarde avec scepticisme, les bras croisés et l'air renfrogné. Il murmure son nom si bas que l'homme n'est pas sûr d'avoir bien entendu.

«Ouais, c'est clair que t'as pas envie de communiquer. Ça fait un p'tit bout de temps que je te suis, d'un parc à l'autre... T'es en fugue? T'as besoin de quelque chose?»

Le garçon est quasiment surpris de se faire parler ainsi. Est-ce qu'il a vraiment l'air d'un gars en fugue? Julio s'adosse au mur et fume, comme s'il avait toute la vie devant lui. Sa vie est parsemée de jeunes en détresse. Ils finissent presque tous par venir le voir.

Simon se redresse et s'engouffre dans le couloir du métro. Il ressent de la colère envers lui-même, envers la Terre entière. Tout le dégoûte.

Alors qu'il se laisse bringuebaler par le roulis hypnotique du wagon, un couple de trisomiques monte dans le métro à la station suivante. Simon soupire d'exaspération.

Bon, des mongols astheure.

L'homme et la femme, sans âge, se couvent du regard, se caressent les joues et le nez, se bécotent, sans se soucier le moins du monde des regards posés sur eux. Les deux ne sont pas très grands et plutôt rondouillards. Simon sent monter dans sa gorge une boule d'émotion, alors qu'il lit, dans leurs yeux bridés, tout l'amour qu'ils éprouvent l'un pour l'autre. La femme laisse aller sa tête sur le thorax de son amoureux, qui lui effleure les cheveux, comme s'il s'agissait d'un nouveau-né. Elle le regarde en souriant, confiante. Elle porte des lunettes et ses arcades dentaires sont déformées: sans doute a-t-elle sucé son pouce trop longtemps. Malgré cela, elle irradie et son homme la regarde comme si elle était un trésor tombé du ciel.

Simon sent sa mâchoire trembler, un nœud paralyse sa gorge. Il s'enrage contre lui-même.

Qu'est-ce qui m'prend? J'vais pas me mettre à chialer ici!

Il rentre rapidement chez lui, se couche en fœtus sur son lit et la digue se rompt. Il ne saurait dire à quel moment les pleurs et le sommeil se sont croisés.

*   *   *

Aujourd'hui, selon son horaire, Jonathan prévoit qu'il va faire le *closing*[11] au bistrot. Il s'est levé tard, car en cette superbe journée, il aura besoin de toute son énergie pour satisfaire les touristes automnaux qui ne manqueront pas d'affluer en soirée. Il chantonne avec la radio tout en étalant une épaisse couche de Cheez Whiz sur son pain grillé.

Born in the U.S.A. I was
Born in the U.S.A. I was…

La porte de la chambre de Simon s'ouvre doucement. Jonathan prend l'accent africain qui fait toujours rigoler son cadet.

— Eh! Salut mon fwèwe! C'est moi qui t'ai wéveillé?

Aucune réaction. Simon a le teint blême, les yeux gonflés et rougis, et ses cernes profonds alarment Jonathan.

— T'es-tu vu dans l'miroir? Y a-tu quèqu'un qui est mort, coudon?

Simon s'affale sur une chaise, accepte la tasse de café que lui présente son frère et jette un œil distrait sur les gros titres de *La Presse*. Il lève le bras pour se gratter le crâne et il accroche la tasse qui se fracasse sur le plancher, éclaboussant la nappe et le journal au passage.

Tout à coup, Simon pousse un gémissement et se met à pleurer. Il déverse alors un véritable torrent de paroles décousues, dont Jonathan peine à rattacher les bouts. Les tessons gisent par terre et le liquide pénètre le journal, mais

---

11 Fermer le restaurant.

il n'ose interrompre son frère, qu'il n'a jamais vu boule-versé à ce point.

— C'est effrayant, Jonathan! J'passerai pas au travers! J'ai fait la pute, Jonathan! LA PUTE, HOSTIE!! Pis Charles qui est en train de se tuer avec la poudre! J'ai peur, Jo!

L'inquiétude de Jonathan fait place à la stupeur.

Simon! Prostitué? Qu'est-ce c'est que c'est que cette histoire-là?

— Tiens! Tiens! Si tu m'crois pas! Regarde ben!

Comme un possédé, Simon court dans sa chambre, revient avec son sac à dos qu'il secoue au-dessus de la table, sur la flaque de café et le journal détrempé. Les dollars forment une pyramide multicolore.

— Tiens! C'est-tu assez pour toi, ça? J'ai toute gagné ça avec mon CUL! Han! Ça t'en bouche un coin, mon frère?

Simon lâche un grand rire amer. Jonathan essaie de faire le tri dans le déluge d'information dont son frère se déleste, plié en deux par la douleur que lui causent ses souvenirs. Tout se bouscule: le temps, les lieux, madame Saint-Onge qui a l'air gentille, les Giroux qui ont l'air bizarre, dont l'un baiserait Charles, un fanatique de Barry White, des jumelles cochonnes… Dans tout ce récit échevelé, le grand frère ne retient que la détresse immense de son frère et sa désillusion. Il se lève et entoure de ses bras son frérot qui pleure enfin sans retenue, épuisé.

* * *

Simon insère le dernier disque de U2 dans son Discman Sony D-50, un cadeau de toute la famille. Affalé sur le divan en coin beige, il hoche la tête au même rythme que la musique. Il n'a presque pas écouté de *dance* depuis son retour, préférant une incursion vers des sons plus rock, plus lourds, qui accompagnent bien son état d'esprit. Il vient de découvrir aussi Iron Maiden, Judas Priest, AC/DC... Son frère Michel n'a pas pu revenir de l'Ouest, mais a promis qu'il serait là au printemps. Le temps des fêtes est enfin passé et Simon n'a pas retrouvé le goût de travailler. Il paye sa part de loyer avec l'argent amassé durant l'été, mais juste le fait de se servir de «l'argent du cul» le replonge dans la morosité. Cependant, la sollicitude dont a fait preuve Jonathan à son endroit lui a prouvé qu'il lui était possible de trouver en lui un allié pour combattre ses démons.

Monsieur et madame Dulac ont téléphoné au jour de l'An pour les vœux traditionnels. Embarrassé, Simon a compris qu'ils croyaient que Charles et lui étaient encore en contact et il a aussi saisi que leur fils ne rappelait pas quand ils téléphonaient au Jacques-Cartier. Pour la première fois, il leur a dit la vérité: ils s'étaient âprement disputés avant son départ, et depuis... ils se boudaient.

Son *chum* Charlot lui manque atrocement. Pas le Charles du Jacques-Cartier.

Le rouquin prend la mesure du vide qui s'est créé autour de lui, parce qu'il a commencé à travailler trop jeune. Jonathan le pousse à s'habiller chaudement et à aller marcher un peu dans la neige folle. Tout à coup, Simon voit venir vers lui un visage familier. Son premier amour! Sylvie Routhier, ronde et épanouie, dépose un baiser sur chacune de ses joues froides. Elle est toujours amoureuse de son facteur moustachu, ses parents sont en instance de divorce — imagine la honte pour ma mère, avec son club de grenouilles de bénitier! — et pour couronner le tout, sa fille est accotée ET enceinte!

— Comme tu vois, ça a brassé pas mal dans ma vie! Et

toi? J'ai vu ta mère cet été, as-tu aimé ça, aller travailler en campagne?

— C'est une région magnifique. Les montagnes, le fleuve… L'air sent… sent très bon. Je te souhaite bonne chance avec ton bébé! Je dois y aller, j'ai rendez-vous!

Quel con! J'ai failli dire que l'air sentait le sexe!

Le seul fait de revoir Sylvie, si belle dans ses rondeurs, éveille en lui des souvenirs empreints de pureté et d'innocence.

J'aurais pu être le futur papa! Ouais, pour être papa, faudrait d'abord que ma libido arrête de faire la grève!

Pour la première fois depuis longtemps, Simon sent que son humeur s'améliore un peu. Il décide d'aller rendre visite à sa mère. En entrant dans la station de métro, un homme le hèle et court vers lui. Son visage reflète une bonté tranquille.

— Alors, Simon? Ça va mieux? Julio, tu te rappelles?

Quelque chose se produit dans le corps de Simon. Un déclic, une fissure? Au lieu de repousser la main tendue, il s'entend dire: «As-tu du temps pour moi?»

Julio sourit franchement.

— J'ai tout mon temps pour toi.

Ils ressortent dans le froid.

* * *

Au printemps, c'est toujours la magie dans les rues. Les chaises et les tables apparaissent sur les terrasses au même rythme que les pissenlits dans les plates-bandes. Les sportifs chaussent leurs souliers de course ou astiquent leur vélo, les *preps* étrennent leurs polos pastels et leurs pantalons décontractés, les punks changent les lacets de leurs Docs 1460 et les fanatiques de hockey arborent leurs chandails aux couleurs du Tricolore. Simon se félicite d'avoir gardé son chandail de Bob Gainey et déambule dans la rue Saint-Denis qui renaît. Quelques partisans klaxonnent et lui envoient la main. La semaine dernière, son frère aîné est arrivé de l'Ouest avec son cadeau de Noël en retard: trois billets qu'il a fait venir par la poste, pour la prochaine partie disputée au Forum! Michel, Jonathan et Simon ont passé une soirée inoubliable, couronnée d'une victoire des Glorieux. Longtemps après que l'aîné est reparti pour Banff, Jonathan et Simon continuent à passer des soirées entières à discuter des mérites de Doug Soetaert, venu en renfort pour seconder Steve Penney, des mérites respectifs de Chris Chelios et de Petr Svoboda et supputent sans fin sur les chances des Canadiens de battre ces satanés Nordiques, qui sont plus coriaces qu'on pense.

Mais aujourd'hui, le redoux relègue les séries au second plan pour quelques heures et Simon ne résiste pas à l'appel de la terrasse. Il offre son visage laiteux aux rayons du soleil en sachant qu'il aura le teint rougi le soir même et que ses taches de rousseur seront encore plus apparentes. Il s'en moque. Il n'a plus de soirées à animer, il peut avoir la tête échevelée, la barbe pas faite, il peut traîner en jeans tous les jours et même la fin de semaine! Monsieur Duval a été chic avec lui. Il n'a pas insisté lorsque Simon a refusé de reprendre des contrats pour la discomobile.

Toutefois, il lui a parlé d'une nouvelle tendance qui se dessine à l'horizon. Plusieurs stations de radio en vogue s'équipent de plus en plus de tout l'attirail nécessaire pour une discomobile et offrent des services d'animation, et même le barbecue au besoin! Armand connaît une femme, madame Lautrec, qui travaille dans un hôpital. La semaine dernière, elle lui a raconté qu'elle a assisté à un *party* de hot-dogs, organisé par le syndicat, pour les employés. Elle a été impressionnée par l'efficacité du cuisinier et de son barbecue de dix pieds de long, et aussi, par l'énergie du D.J. qui avait su les faire swinguer en plein air. Travailler de cette façon, en plein jour, sans avoir à acheter sa propre musique, voilà qui réconcilierait peut-être Simon avec son métier initial! Cette idée le met de très bonne humeur.

Pendant que son esprit erre, ses yeux remarquent une silhouette gracieuse. Deux filles viennent dans sa direction en devisant joyeusement. Simon se surprend à prêter une attention particulière à celle qui affiche son embonpoint, plutôt qu'à la sylphide qui l'accompagne. Il ne saurait dire pourquoi, mais il la trouve sensuelle et elle a un visage expressif. Alors que toutes les pubs du moment chantent les beaux derrières moulés par des Lee Cooper, cette fille s'est concocté son propre style. Elle porte un veston masculin assez large, un chapeau rond à la Boy George, d'où s'échappent des boucles blondes, un chemisier rayé blanc et rose assez décolleté par-dessus une jupe en jeans. Ses hanches sont définies par une large ceinture blanche. Un legging trois quarts blanc et des espadrilles bariolées complètement sa tenue. Ses yeux sont maquillés de plusieurs teintes de rose et de mauve et ses lèvres sont roses également. ment.

Simon sourit spontanément. Il lui semble entendre Julio qui lui prédisait le retour de sa sève au printemps! Le rouquin attend qu'elles soient passées devant lui pour bondir de sa chaise et les suivre de loin. Elles se dirigent vers l'université. Simon perd peu à peu de son assurance. L'établissement l'intimide. Il essaie consciemment d'imiter l'attitude des étudiants qu'il croise.

— Ouais! Go, Habs, Go! Ouhouououou!

Les deux filles se retournent d'un seul mouvement. Simon maudit intérieurement les deux échevelés qui ont démontré leur enthousiasme à la vue de son chandail. La fille au look Boy George lui jette un regard franc et rieur.

— On peut pas dire que tu vas passer inaperçu avec ça sur le dos aujourd'hui!

Elle a une jolie voix en plus! Simon essaie de ne pas loucher vers la craque de seins qui se dessine plus qu'elle ne se montre et sa libido se réveille un peu plus. Son amie rompt le charme en s'exclamant:

— Oh! regarde, il rougit! Eh! les «barniques», tu réponds pas quand on te parle?

Simon tourne la tête vers elle et bredouille:

— Désolé, tu disais quoi?

— Nath! On dirait que t'as un admirateur!

Les deux filles tournent les talons en riant.

Nath… Nathalie… Elle s'appelle Nathalie…

Les joues en feu, Simon bifurque vers la coopérative étudiante, agrippe un magazine au hasard et le feuillette distraitement pour se donner contenance.

Les nuits suivantes sont peuplées de rêves érotiques où Nathalie déboutonne lentement son chemisier en se penchant un peu vers l'avant. À la vue des seins généreux qui étirent le tissu du soutien-gorge, les hormones de Simon s'affolent. Il tend les mains, accueille entre ses bras ce corps souple et plein, plonge le visage dans la chair débordante. Il en ressent toute la chaleur, comme s'il pouvait se draper dans toute cette peau souple. Il tâte, malaxe et caresse à pleines mains la taille, les hanches, les fesses de la fille… Et son réveil est provoqué par une éjaculation abondante qui détrempe ses draps.

De jour en jour, Simon renaît, en même temps que sa libido. Il passe chez la coiffeuse, se rase, traîne au Château pour voir les dernières collections et retourne fréquemment rôder dans les couloirs de l'université, dans l'espoir de revoir la ronde jeune fille. Un jeune Noir arborant un t-shirt de Scorpions l'aborde.

— T'aurais pas une *smoke*?

— Désolé, je ne fume pas.

— T'as l'air perdu, tu cherches un local?

— En fait, non. Je... je cherche plutôt une... une amie qui s'appelle Nathalie. On devait se rejoindre ici. C'est pas grave, je vais attendre encore un peu.

Immédiatement, le garçon pivote sur lui-même, met ses deux mains en cornet devant sa bouche et s'écrie:

— NA-THA-LIE! OHÉ! NA-THA-LIE!

Rouge jusqu'aux oreilles, Simon voudrait rentrer dans le plancher. Plusieurs têtes se tournent vers eux.

— J'aurai fait mon possible, han! *Good luck, man*!

Mortifié, Simon tourne les talons lorsqu'il entend une voix enjouée.

— Te sauve pas! C'est Nath que tu cherches?

La brindille qui accompagnait Nathalie se faufile entre deux rangées de tables.

— Moi, c'est Julie. Et toi?

— Euh... Simon.

— Nath était venue s'inscrire pour la prochaine session. Mais si tu veux la voir, elle travaille ce soir. Entre nous, si je te file l'info, c'est parce que c'est ma meilleure amie pis qu'elle t'avait trouvé de son goût, mais je t'avertis, si tu as des préjugés contre les danseuses, laisse faire. Elle sera au restaurant Le Minaret à compter de huit heures. Je file, j'ai un cours. Bonne chance, le p'tit roux!

Simon est perplexe. Un bar de danseuses? Il revient chez lui, fébrile, et demande à Jonathan s'il connaît Le Minaret. Le jeune homme ne voudrait pour rien au monde retomber dans un univers glauque! Son frère n'y est jamais allé, mais lui assure que ce restaurant maroquin a une excellente réputation.

Le soir venu, vêtu de ses plus beaux atours, Simon se dirige vers le Vieux-Montréal. À la porte du restaurant, un homme à la moustache très fournie lui souhaite la bienvenue et l'escorte à l'intérieur. Une ambiance digne des *Mille et une nuits* attend les gourmets. Simon prie pour que la nourriture soit à la hauteur du décor.

Qu'est-ce que ça mange, dans ces coins-là?

Étant seul, Simon est assigné d'office à une table un peu en retrait, située dans une enclave qui ressemble à une tente de Bédouins dans le Sahara, et il partage l'espace avec deux couples d'amis qui parlent haut et fort. Simon a beau s'étirer le cou de tous les côtés, il ne voit que des serveurs qui apportent des plats, tous plus odorants les uns que les autres, en saluant toujours très bas les clients. Il découvre avec ravissement le tajine de poulet aux olives et aux citrons confits, et la texture du couscous aux légumes l'intrigue beaucoup. Sa défense ramollit alors qu'il se laisse porter par les effluves exotiques et les saveurs délicatement entremêlées. Les chairs sont tendres, les légumes, savoureux. Les autres commensaux piochent dans leurs assiettes respectives en poussant des exclamations gourmandes. Tous acceptent de partager le vin et découvrent un délicieux Médéa algérien.

Tout à coup, alors que le serveur s'approche pour déverser le contenu de sa théière rutilante, la musique augmente de volume et ce dernier s'exclame:

— Aaaah! Voilà nos danseuses! Bon spectacle, messieurs dames!

De l'endroit où il se trouve, le rouquin ne peut pas voir les musiciens, mais se sent instantanément envoûté par cette mélopée céleste, jouée par une flûte et rythmée par des tambourins. C'est un air nostalgique sur lequel s'avancent quatre formes voilées. Le nez palpitant au-dessus de son thé à la menthe, Simon admire les tissus chatoyants, secrètement rassuré.

Nathalie fait de la danse du ventre! Laquelle est-ce?

L'une de ces femmes est toute de jaune vêtue, la deuxième porte des vêtements orangés, le turquoise recouvre la troisième et la dernière se dissimule sous un long voile bleu océan, dont la bordure est dorée. On ne voit d'elles que leurs pieds, dont les chevilles sont encerclées de bracelets métalliques, desquels pendent de minces médailles. La musique s'anime, une guitare au son aigrelet y ajoute une couleur festive. Les danseuses tourbillonnent sur elles-mêmes et retiennent par les pointes les pans de tissu qui semblent se détacher comme des pelures. Les gazes chutent et apparaissent des fronts ceints de pierreries, des cheveux longs; il y a une seule blonde, elle se retourne, c'est elle. Les yeux cernés de khôl, la bouche bien définie, elle tourbillonne avec une grâce extrême. Les autres danseuses sont tout aussi douées, plus minces, «taillées au couteau», comme se plaît à répéter son voisin de droite. Mais elles n'existent pas pour Simon. Nathalie maîtrise parfaitement ses abdominaux qui ondoient lascivement, ses bras imitent le serpent, sa poitrine magnifiée par le soutien-gorge rutilant bouge de manière invitante. Le rouquin se sent confusément fier lorsque la troupe exécute un mouvement rapide qui leur fait vibrer les chairs des hanches et du bassin, et il est presque scandalisé qu'un de ses voisins s'écrie:

— Oh! As-tu vu la bleue? A *shake* en hostie, han?

Pour le garçon, c'est plutôt l'incarnation de la féminité qu'il contemple. Il la trouve belle et audacieuse, aussi, car la danse du ventre traîne une réputation sulfureuse, renforcée par les productions hollywoodiennes des années 1950. Il est ébloui par la capacité de la danseuse d'isoler chacun de ses mouvements, comme si chaque partie de son corps avait sa vie propre, et celles-ci, une fois réunies, expriment un calme troublant. Cette blonde potelée impose le respect et Simon se sent moins brave tout à coup. Comment arrivera-t-il à l'intéresser? Quelque chose lui serre le cœur, une peine qui menace de remonter à la surface.

Il est extirpé de sa contemplation par des applaudissements nourris. La musique reprend, et cette fois, les danseuses cherchent dans l'assistance des volontaires pour danser avec elles. Trois hommes et une femme sont entraînés sur la piste de danse et tentent de maladroits déhanchements, encouragés par les rires des clients. Simon se cale dans les coussins pour éviter de se faire remarquer. Ses voisins de table se lassent et quittent les lieux. Le serveur s'incline de nouveau.

— Encore un peu de thé, monsieur?

— Non, merci. Dites-moi… Vos danseuses…

— Je suis désolé, monsieur, je n'ai pas le droit de…

— Non, dites-moi seulement si elles reviennent danser plus tard.

Ayant obtenu l'assurance qu'un deuxième spectacle aurait lieu dans une heure, Simon sort en laissant un généreux pourboire au serveur. Il revient chez lui et, essoufflé, se met en quête de quelque chose pour écrire. Il découvre un reste de papier d'emballage de cadeau de Noël qu'il découpe en deux petits feuillets. Le téléphone sonne. Décidément, sa mère a des antennes!

— Simon? J' te dérange pas, toujours? Qu'est-ce que tu fais chez toi, un beau vendredi soir de même? J'voulais te dire… En fin d'semaine, y a un rassemblement des Boily, tu sais, tous les Boily du Québec se rencontrent de temps en temps; ben cette année, c'est à Québec. J'vas y aller pour la première fois. Armand m'accompagne, pis peut-être qu'on pourrait descendre jusqu'à Charlevoix pour une couple de jours! Voudrais-tu venir pour voir Charles en même temps?

…

«Simon? Tu es là?»

— Euh… Oui, oui maman, c'est juste que… J'avais autre chose de prévu en fin de semaine. Merci quand même!

Simon raccroche, livide. Il se trouve idiot soudainement de s'empresser ainsi auprès de Nathalie et se désintéresse du papier de Noël. Si près de toucher, peut-être, à l'amour, il s'aperçoit qu'il a encore un peu de chemin à faire avant de se sentir pleinement guéri, puisqu'un simple rappel de la région maudite le démolit ainsi.

Le rouquin a l'impression de passer la fin de semaine en apnée, l'anxiété le dévore. Sa mère ira-t-elle là-bas? Et si oui, aura-t-elle vu Charles?

Le mardi, lorsqu'il reconnaît la voix de sa mère au téléphone, il serre si fort le combiné qu'il craint de le casser.

— Simon? J'te dérange pas toujours? Imagine-toi donc qu'on est allés au rassemblement des Boily, pis qui c'est que j'rencontre-t'y pas? Ma cousine Nancy! Nancy Boily! Ça te dit rien? Elle est coiffeuse à Baie-Saint-Hugues, c'est la fille de ton oncle Sylvain, qui travaille dans l'Ouest! Elle m'a dit qu'elle t'avait croisé dans une réunion de… J'me souviens plus trop, en tout cas, elle fait dire qu'elle a perdu pas mal d'argent dans cette histoire-là.

Simon rassemble ses forces pour articuler:

— Êtes-vous allés dans Charlevoix, finalement?

— Ben non! Armand connaissait pas beaucoup Québec pis y faisait tellement beau, on est restés là. On se reprendra!

Une chape de plomb vient de quitter les épaules de Simon, provisoirement, car il est bien conscient qu'une épée de Damoclès lui pend toujours au-dessus de la tête. Encore heureux que la Nancy en question n'ait pas figuré dans son carnet de bal! Et le blâmera-t-on un jour d'avoir caché la déchéance de son ami?

Quelques jours plus tard, le garçon est engagé dans l'équipe de D.J. de la plus prestigieuse station de radio de Montréal. Les références élogieuses fournies par son beau-père, désormais une sommité dans son domaine, ont amplement suffi.

Le jeune homme passe chez un fleuriste et choisit un énorme bouquet de roses bleues, surnommées la Charles de Gaulle. Il espère que Nathalie fera le rapprochement avec son costume, en souhaitant qu'elle n'en possède pas un plein placard et de toutes les couleurs. Il se sent un peu plus optimiste et prêt à faire face à n'importe quelle réaction, qu'elle soit négative ou positive. Il examine la petite carte blanche ornée d'un petit dessin que lui tend le fleuriste. Simon signe simplement: *Un rouquin qui aimerait te revoir*, avec son numéro de téléphone. Julie lui aura certainement déjà raconté sa mésaventure à l'université. Il précise au fleuriste que ce bouquet s'adresse à Nathalie et doit arriver au Minaret avant vingt-trois heures.

Été 1987

Simon déambule dans la rue Saint-Denis, lorsqu'une petite voix crie son nom derrière lui. Lorsqu'il se retourne, madame Saint-Onge lui saute quasiment au cou.

— Simon! C'est bien toi! Que je suis heureuse de te revoir!

Le garçon fige en apercevant derrière elle plusieurs visages connus, dont Gilles et Diane, enlacés. Les sœurs Morel hochent sobrement la tête, Armande lui fait la bise, même Marcel a l'air moins bourru que dans son souvenir. Nathalie sait que son Simon a déjà passé un été dans Charlevoix, mais ignore tout de ses activités lucratives d'alors!

— Euh… Je vous présente ma blonde, Nathalie, et voici Charlotte.

Tous se penchent vers la poussette. Le bébé leur fait un sourire radieux, et tous s'exclament, ravis.

Toujours aussi directe, Armande lève le menton.

— Charlotte, c'est-tu pour ton chum?

Un silence gêné s'abat sur la petite troupe. Nathalie répond tout naturellement que oui, la petite porte ce nom en mémoire de l'ami de Simon qui s'est noyé à Baie-Saint-Hugues l'année dernière. Tous se remettent à parler en même temps; madame Saint-Onge en profite pour prendre la main de Simon et la tapoter affectueusement.

— Je suis désolée pour Charles. Et je suis contente de voir que tu vas bien!

Simon lui adresse un sourire résigné.

— Vous savez… Pour moi, il était mort depuis longtemps.

Mais parlez-moi de vous! Je suis tellement content de vous revoir!

— On est venus en voyage organisé pour voir *Broue* ce soir. J'ai fermé définitivement mon gîte, je suis trop vieille à présent. J'ai aussi donné ta collection de disques à la nouvelle maison de jeunes qui a ouvert ce printemps à Cap-Espérance.

— Vous avez très bien fait pour les disques, madame Saint-Onge.

Gilles s'approche, Diane reste en retrait, penchée sur le bébé.

— Diane et moi avons racheté le Renaissance! Tu ne reconnaîtrais pas l'endroit: c'est maintenant une résidence pour personnes âgées. Madame Saint-Onge a été notre première résidante!

La vieille dame se tourne vers Nathalie.

— Prends-en bien soin de notre Simon. Tout le monde l'aimait à Baie-Saint-Hugues!

Armande s'interpose et fait un clin d'œil au rouquin.

— Bon, viens-t'en, Rolande! On le savait que t'avais l'*kick* dessus! Y est pris astheure, t'as pus d'chances! Ha! Ha!

Nathalie enlace avec force Simon, en faisant mine de grogner pour protéger son territoire. Les rires fusent. Simon remarque que le ciel est bleu.

Achevé d'imprimer au Canada
sur papier Enviro 100% recyclé
sur les presses de Imprimerie Lebonfon Inc.

100%